Columbo
Ein Hund für alle „Felle"

Barbara Schilling

Columbo

Ein Hund für alle „Felle"

Barbara Schilling, 1978 in Berlin geboren, ist Werbetexterin und Hundefan. Im Studium widmete sie sich den Kulturwissenschaften und der Neueren deutschen Literatur an der Humboldt-Universität zu Berlin. Ihr größter literarischer Erfolg: ein 2. Platz beim Kurzgeschichtenwettbewerb „Alles wird anders" im Jahr 2000 in Zürich.

Bibliografische Information der Deutschen Nationalbibliothek:
Die Deutsche Nationalbibliothek verzeichnet diese Publikation in der Deutschen Nationalbibliografie; detaillierte bibliografische Daten sind im Internet über http://dnb.d-nb.de abrufbar.

© 2007 Barbara Schilling
Fotos: Barbara Schilling
Gestaltung: Marco W. Linke – artivista | werbeatelier www.artivista.de
Herstellung und Verlag: Books on Demand GmbH, Norderstedt
ISBN 978-3-8334-8021-8

Inhaltsverzeichnis

Moderne Erziehung

Fortschrittlichen Erziehungsmethoden kann Columbo, mein wenige Monate alter Golden Retriever, nichts abgewinnen; das heißt, er nimmt sie überhaupt nicht ernst – im Gegenteil: Mein Versuch, ihn, wie in den Lehrbüchern empfohlen, mit der Wasserpistole von unerlaubten Handlungen abzuhalten, ist vollkommen fehlgeschlagen. Er zeigte sich keineswegs beeindruckt, wurde nur neugierig und versuchte, in sie hineinzubeißen. Schüsse aus nächster Nähe machten ihm sogar Spaß; somit artete die vorgesehene Bestrafung in ein vergnügliches Wasserspiel aus. Der pädagogische Nutzen war gleich null, aber dafür hatten wir zwei viel Spaß in der tropfenden Küche!

Ein Arbeitstier

Montag Mittag: Klein-Columbo scharwenzelt um meinen Schreibtisch herum. Neugierig beschnüffelt er Rollcontainer und Tower, verheddert sich im Kabel, knabbert ein paar Aktenordner an und fegt mit seinem kräftigen Schwanz einen Zeitungsständer um. Vom Telefonklingeln lässt er sich nicht stören, dringt stattdessen immer tiefer in die Geheimnisse ein, die unter dieser Tischplatte lagern: Blätter, Papierkörbe und Staub. Kein Spalt ist ihm zu eng, um seine dicke schwarze Nase hindurchzustecken, schließlich könnte es ja etwas zu entdecken geben. Als ich mich wieder umdrehe, hat er sich den Kopf zwischen Box und Schreibtischbein eingeklemmt. Er zieht und wackelt, aber allein kommt er nicht mehr heraus, was mir ein Rätsel ist, da er ja schließlich auch allein hineinkam ... Den Hörer in der einen Hand, versuche ich mit der anderen, ihn zu befreien. In seiner Panik zappelt er dermaßen, dass sämtliche meiner einhändigen akrobatischen Hilfeversuche fehlschlagen. Blätter fliegen vom Tisch und landen direkt vor Columbos zappelnden Pfoten. Seine Krallen haben in zwei Sekunden das vernichtet, wofür ich mehrere Wochen gearbeitet habe: meine Hausarbeit, die ich in – oh Gott – einer Stunde abgeben muss. Ich lege den Hörer auf und schaffe es anschließend tatsächlich, seinen kleinen Kopf samt Ohren heil aus den Klauen des bösen Schreibtisches zu befreien. Seufzend rufe ich in der Uni an, um einen Aufschub für die Hausarbeit zu bekommen. Kaum habe ich die Dozentin am Apparat, springt mir

Columbo – überglücklich über meine gelungene Rettungs-
aktion – auf den Schoß und reißt dabei das Telefonkabel
samt Halterung aus der Wand.

Traue deinen Ohren nicht

Kürzlich hörte ich die Tracks einer Geräusche-CD durch, um einen geeigneten Sound-Effekt herauszusuchen. Noch lag Columbo friedlich neben mir im Körbchen ... Die Nummer eins war ein paradiesisches Wasserfallrauschen: Columbo spitzte nur die Ohren. Als vielstimmiges Vogelgezwitscher hinzukam, hob er erstaunt die Lider und richtete sich halb auf. Ich redete ihm gut zu, und er legte sich wieder hin, ließ die Audio-Gewitter, Sirenen und Klingeltöne lässig über sich ergehen. Erst beim Gemaunze eines jungen Kätzchens schreckte er wieder hoch und schaute mich aus seinen dunklen Augen fragend an. Er entstieg seinem Korb und stellte sich neugierig neben mir auf. Langsam drehte und neigte er den Kopf, während er aufmerksam lauschte. Beim Hundegebell war es um ihn geschehen: Laut kläffend hüpfte er vor dem Lautsprecher auf und ab, viel zu aufgeregt, um auf Bücher, CDs und halb volle Gläser zu achten, was ein mittleres Chaos zur Folge hatte. Beim Klang tiefen Löwengebrülls jedoch erstarrte er urplötzlich. Dann, nach den ersten Schrecksekunden, schlich er zeitlupengleich auf Samtpfoten zur Quelle der bedrohlichen Geräusche, um, schließlich angekommen, gaaaaanz vorsichtig hinter die Box zu spähen. Als jedoch trotz zittriger Entdeckungsversuche auch dort niemand auszumachen war, kam er zum einzig logischen Schluss: Der Feind musste sich in dem schwarzen Kasten versteckt halten! Ein letzter todesmutiger Hieb auf den Lautsprecher hatte ein kräftiges Knarzen zur Folge, bei dem

Columbo mit einem Satz unter meinem Stuhl war. Doch danach herrschte Ruhe, kein testosterongeschwängertes Brüllen und Bellen mehr – von niemandem ...

Ein echter Bürohengst

Obwohl Columbo zum Brötchenholen völlig ungeeignet ist – er kommt jedes Mal freudestrahlend mit der leer gefressenen Tüte nach Hause – und im wahrsten Sinne des Wortes schon so manches Wochenblatt „zerrissen" hat, wollten wir ihm ein letztes Mal die Chance geben, seinem von Spielen, Fressen und Schlafen erfüllten Leben einen darüber hinausgehenden Sinn zu geben; sprich sich wirklich nützlich zu machen. Die Gelegenheit dazu bot sich in unserem neuen Büro. Nachdem wir ihn mühsam davon abhalten konnten, sämtliche Kabel anzuknabbern und seine feuchte Nase in alle vorhandenen technischen Anschlüsse zu stecken, versuchten wir, ihn das Tippen zu lehren. Doch trotz intensivster Bemühungen blieb das einzige Memo, das er je schrieb: „FRESSENFRESSENFRESSEN". Selbst als schlafender Briefbeschwerer war er „unbrauchbar", da ihn das Papier, das er beschweren sollte, kitzelte und er es kurzerhand zerkaute. Wider besseren Wissens versuchten wir, ihn als Boten einzusetzen, der die Akten von Schreibtisch zu Schreibtisch bringt. Doch alles, was ankam, war ein wenig Konfetti. Seinen anatomischen Voraussetzungen und seinen persönlichen Neigungen gemäß setzen wir ihn nunmehr ausschließlich als Locher und Reißwolf ein ...

Columbo und das Bett

Er versucht ja viel, um auf unser Bett zu kommen. Was ihm allerdings strengstens untersagt ist – obwohl es manchmal sehr schwer fällt, ihn zu verjagen. Z. B. wenn er die „Schützengraben-Masche" probiert. Er legt sich neben das Bett, räkelt sich und plötzlich ... liegt eine kleine Pfote auf der Matratze. Unauffällig robbt er näher, streckt sich oder bleibt beinahe bewegungslos liegen und schwups ... verweilt die zweite Pfote daneben. Inzwischen hat sich auch der Kopf Stück für Stück weiter auf das Laken vorgeschoben. Nun befindet sich bereits der Oberkörper auf dem begehrten gefährlichen Terrain. Das erste „Nein" überhört er geduldig, zeigt keine Reaktion, ein echtes Pokerface, beim zweiten wird er sichtlich nervöser: „Jetzt gibt es gleich Ärger, aber noch gebe ich nicht auf." Und so weiter – Stück für Stück ... bis er plötzlich neben mir auf dem Kopfkissen liegt und mit unschuldigem Blick zu fragen scheint: „Nanu, wie bin ich denn nur hierher gekommen? Na, wo ich schon einmal da bin, mach ich es mir halt gemütlich ..."

... das Rad neu erfinden ...

Mein Lieblingstier hat vier Beine und zwei Räder: Es ist einfach das allerschönste, mit meinem Hund und meinem Fahrrad unterwegs zu sein – mein Hund Columbo allerdings sieht das anders ... Er hasst diesen Rivalen an seiner Seite, der immer schneller ist als er, lautlos schnurrend und nie laut hechelnd; und immer spielt Frauchen die ganze Zeit nur mit ihm, während er nebenherrennen muss. Manchmal macht der auch ganz schreckliche Geräusche; damit erschreckt und vertreibt er die Fußgänger – wenn Columbo das tut, wird er sofort ausgeschimpft, wie ungerecht ... und überhaupt, nie muss der pinkeln und vor allem ... ist er viel größer als er selbst – hm, aber dafür muss er draußen im Hof schlafen ...! Das ist wiederum gerecht ...

Verrückt wie ein junger Hund

Das hätte ich mir auch nie träumen lassen, dass ich hier mal so hocke mit einer Leine in der Hand. Zwischen den verschiedensten Arten von Hundekot: hell-, dunkelbraun, trocken, alt, feucht, und in den bizarrsten Formen. Und dass ich geduldig warte, nein hoffe, dass mein Pfiffi, Pardon – Columbo, sein Geschäftchen macht. Freu mich über jedes Würstchen, über jeden Tropfen, den ich nicht in Welpenmanier in der Wohnung habe. Nur widerwillig folgt er mir so dicht an der Straße, denn die vielen Autos machen ihm noch Angst. Besonders bei Lkws kriecht er förmlich in mich hinein. Zurück in der Wohnung aber spielt er den großen Mann. Ein- bis zweimal pro Tag klinkt es bei Columbo aus. Dann macht er nicht mehr nur Jagd auf sein quietschendes Gummihuhn, sondern schnappt mit seinen Milchzähnchen nach allem, was sich bewegt – und auch nach dem, was sich nicht bewegt.

Columbo allein zu Haus

Da auch ich ab und zu in die große weite Welt hinausmuss, war ich gezwungen, Columbo schon früh daran zu gewöhnen, auch mal allein zu bleiben. Den Rat sämtlicher Hundebücher befolgend, verließ ich anfangs nur für kurze Zeiträume die Wohnung. Da man aber in zehn Minuten unmöglich einkaufen gehen kann, kommt heute unweigerlich der Tag der Wahrheit. Beim Herauftragen der vollgepressten Einkaufstüten versuche ich mich mit einem halbherzigen „Ach, es wird schon alles gut gegangen sein" zu beruhigen. Kaum habe ich den Schlüssel umgedreht, schießt Columbo, wahnsinnig vor Freude über meine Rückkehr, aus dem Spalt zwischen Tür und Rahmen. Er wirft sich gegen mich, als wolle er mich nie wieder loslassen, zerreißt dabei die Tüten und leitet die Freudentränen in seine Harnröhre um, die diesem Druck natürlich nicht standhalten können. Während draußen die Konservendosen und Flaschen durch den gelben See rollen, beginne ich misstrauisch die Wohnung zu inspizieren. Auf den ersten Blick sieht alles normal aus. Bis ich im Flur in die zweite Pfütze trete, den durchwühlten Wäschekorb erblicke und im Halbdunkel eine Menge Dinge in Columbos Körbchen entdecke, die dort gewiss nicht hingehören. Zu allem Überfluss kommt aus der Garderobe ein verräterisch durchdringender Geruch. Dass um diesen stattlichen Haufen herum eine zerfetzte Rolle Toilettenpapier liegt, beweist jedoch, dass ich meinem Hund trotz allem ein Vorbild sein muss. Hm, wie soll ich das nur wieder verstehen?!

Zum Anknabbern

Riesengroß stehe ich über dem Golden-Retriever-Kind und ... schimpfe wieder einmal. In rauem Ton habe ich ihn gerade zurechtgewiesen, weil er unseren hölzernen CD-Schrank unschön mit seinen Milchzähnen bearbeitete. Meine „Neins" hatte er anfangs tapfer ignoriert, aber nach zweimaligem Wegzerren hat er schließlich doch aufgegeben. Nun schaut er in artiger Sitzhaltung reumütig zu mir hoch. Etwas anderes bleibt ihm auch gar nicht übrig – und beginnt als Wiedergutmachung, die zerbissenen Stellen abzulecken. Ganz wie bei uns: Wenn er uns beim Spielen zu stark gezwickt hat und wir schimpfen oder Schmerzenslaute ausstoßen, dann leckt er auch unsere „Wunden". Ich muss lachen. Verwundert hält er inne und lässt seine rosa Zunge nicht mehr eifrig über den „echten Ikea-Schrank" gleiten. Die glänzende Schicht, die er hinterlassen hat, verrät mir, dass das gute Möbelstück bereits so gut wie „geheilt" ist.

Wasser marsch

Beim Spazierengehen muss man ständig auf der Hut sein: Selbst die kleinste, flachste Pfütze nutzt Columbo für ein Vollbad, und beim nächsten vorbeifahrenden Auto klebt er vor Schreck an dir, mit ihm der Morast vergangener Monate. Auch sonst badet er sehr gern. Zu Hause jault er herzzerreißend oder bellt gequält, wenn ich mich, selbstverständlich ohne ihn, in der Wanne entspannen will. Die Pfötchen auf dem Wannenrand schaut er mich aus seinen braunen Knopfaugen vorwurfsvoll und gleichzeitig mitleiderregend an. Sämtliche Beruhigungs- sowie Schimpfversuche schlagen fehl; wie irr springt er immer wieder auf den Rand, nahe daran, sich den Kiefer zu brechen, und streckt sich verzweifelt nach dem Wasser. Beim Duschen ist das Spiel ein ähnliches. Ersatzweise vollführt er „Trockenübungen" im Bad. Er stupst sein eigenes Spiegelbild im Trinknapf, oder er versucht darin zu graben, vermutlich um die Quelle zu finden. Unangenehm ist nur, wenn er das zu sich genommene Wasser an gänzlich ungeeigneter Stelle, wie etwa dem Wohnzimmer, wieder von sich gibt. So geschehen an einem Vormittag in der Woche. Kurzbehost erwische ich den noch nicht ganz stubenreinen kuscheligen Welpen in flagranti und trage ihn nach draußen auf sein Zeitungsklo. Leider kann er seinen Fluss nicht mehr stoppen, sodass mir die warme Brühe nun die nackten Beine hinunterläuft. Von seinen Sabber- und Schmutzpfoten-Attacken will ich gar nicht erst reden. Nachdenklich wurde ich jedoch neulich, als mein Freund bemerkte: „Du hast dich ja so chic gemacht." Denn ich hatte lediglich saubere Klamotten angezogen ...

Eieiei

Columbo liebt feiertägliche Aufregung. Schwanzwedelnd hüpft er den ganzen Tag um uns herum und wird nicht müde, unsere Dekorationsbemühungen zunichte zu machen. Wenn er nicht gerade die Schokoladeneier vom Osterstrauß holt, steckt sein Kopf garantiert in einer der vielen herumliegenden Plastiktüten, um die darin befindlichen Geheimnisse, meist sind es plüschige Hasen, zu ergründen. Klammheimlich verzieht er sich dann mit einem seiner Opfer in die hinterste Ecke, und alles, was von dem niedlichen Häschen übrig bleibt, ist ein Packen Schaumstoff und ein Paar lange Ohren. Beim Eierfärben ist er natürlich, trotz intensiver gegenteiliger Bemühungen, ebenfalls mit von der Partie. Ständig versucht er, seine dicke feuchte Nase auf den Tisch zu bekommen. Konsequent drängelt er sich auf unsere Schöße, um ja nichts zu verpassen. In seiner Neugier fegt er so manche Farbtube vom Tisch, deren Reste sich schließlich, mit Eierschalen und -dotter vermischt, in seinem vormals glänzenden Fell wiederfinden. Kaum haben wir den Kleister herausgewaschen, geht es auch schon weiter: Eiersuchen ist angesagt. Da Columbo uns beim Verstecken derselben wohlweislich keine Sekunde aus den Augen gelassen hat, gibt er nun „laufend" verräterische Hinweise: Er spürt in Windeseile einen Korb nach dem anderen auf. Die Kinder reißen sich um ihn. Jeder will den Ostereier-Fährten-Hund für sich haben.

Kreischend rennt die ganze Horde kleiner Menschen hinter ihm her. Das wird ihm bald zu viel, und er flieht ins Haus, um sich selbst zu verstecken und ein stibitztes Schokoladenei zu genießen ...

Vermöbelt

Es rischelt und raschelt und holtert und holpert –drüben in der Nachbarwohnung... Columbo wird ganz hibbelig und läuft aufgeregt an der Wand entlang. Er liebt unsere Nachbarn. Sie stellen ständig spannende Dinge an und haben tolle Haustiere: einen lustigen Chinchilla namens „Sir Rupert", ein ultrafreches Meerschweinchen und einen pfeilschnellen – ehemals farbigen, nun ergrauten – „Renn"-Goldfisch, den Columbo stundenlang beim Bahnenschwimmen beobachten kann, ohne sich zu langweilen. Unser Hund spitzt die Ohren, drüben geht die Tür auf – was sie da nun wohl alles hinaus auf den Flur stellen ...? Columbo klebt förmlich an der Tür, seine Nase ist schon fast draußen, so tief hat er sie in den Spalt zwischen Tür und Rahmen gequetscht. Als es plötzlich klingelt, wackelt Columbo so heftig mit dem Schwanz, dass er kaum noch gerade stehen kann. Er weiß genau, jetzt passiert etwas. Und ich ahne auch schon was ... Barfuß schlurfe ich zur Tür und öffne, es ist schließlich Wochenende, und bis eben saß ich gemütlich mit dem Laptop auf dem Sofa; doch nun ist es vorbei mit der Ruhe: Unsere Nachbarn wollen renovieren und haben höflich, aber nachdrücklich darum gebeten, einige „Kleinigkeiten" bei uns unterstellen zu dürfen. Also schleppen sie die vielen kleinen und großen Kleinigkeiten keuchend in unser Wohnzimmer, während Columbo aufmerksam jedes Möbelstück genau taxiert – wird jetzt der Traum vom eigenen „Hundespiel-Entspannungs-Schlaf-Herumtobe-Zimmer" doch noch wahr?!

Zuerst kommt das Bett: „Oh super", scheint der flauschige Hund neben mir zu denken „endlich mein eigenes, auf Frauchens darf ich ja nicht … Und so eine bequeme Couch, wurde aber auch Zeit. Oh ja, den Teppich bitte hierher, der hat so lustige Fransen, an denen kann man bestimmt ganz herrlich ziehen und knabbern. Ob ich jetzt schon mal ein bisschen … Ach, ich warte lieber noch, bis mein neues Zimmer vollständig eingerichtet ist … Nanu, ein Tisch für mich? Hm, vielleicht für mein Extra-Fresschen … Aber aber, ein Regal, und der Kleiderschrank? Leute, das wird mir jetzt aber doch zu viel – so wird mein Zimmer zu voll, was soll ich denn damit?!" Columbos anfängliche Freude weicht allmählicher Skepsis, als die hereingetragenen Möbelstücke beginnen, deutlich seine Körpergröße zu überschreiten. Mit abschätzendem Blick beschnuppert er misstrauisch jeden einzelnen Griff der Kommode. „Hm, so ein großes Ding – aber alle Schubladen sind leer, schade…" Während ich versuche, mich durch den verbliebenen schmalen Gang zu quetschen, trabt Columbo freudestrahlend in sein Körbchen – mit dem Kochlöffel der Nachbarn im Maul … Abends döst er endlich friedlich mitten in „seinem" neuen Reich – unter dem Tisch. Die Sonne geht unter, im Hof wird es still; alles ist sehr harmonisch – bis … ja bis Columbo plötzlich wie von der berühmten Tarantel gestochen, mit einem Satz hochfährt: Ein klitzekleines Schräubchen war zu Boden gefallen und hatte ein hell klirrendes Geräusch beim Aufprall

produziert. Nachdem er den Übeltäter identifiziert und mit „spitzen Pfoten" unter den Schrank verbannt hat, thront er weiterhin tapfer - zumindest tut er so - über seinem Besitz. Als am nächsten Nachmittag zwei vom Streichen und Streiten total erschöpfte Nachbarn beginnen, ihre Möbel wieder abzuholen, scheint Columbo zunächst beinahe erleichtert: „So, nun habt ihr also selbst eingesehen, dass das hier zu voll ist, ne? Bringt lieber noch den Kühlschrank -offen bitte - und nehmt dafür den Schrank wieder mit. Ja sehr schön, das Regal bitte auch noch weg - ich mag es gern luftig.

Meinen Kuschel-Sessel noch etwas nach rechts, äh, nicht zu viel; ähm, halt wo wollt ihr denn hin damit?! Wie, wo, nein; nicht das Bett, nicht den Teppich mitnehmen. Halt, ich dachte… Hm, dann schmuse ich jetzt halt als Trost mit Frauchens neuem Pulli" – doch dazu mehr in der nächsten Geschichte …

Columbo und die Zecken

Bevor wir uns einen Hund gekauft haben, wusste ich über Zecken fast nichts. Sie waren für mich kleine fiese Blutsauger, die auf Bäumen und im hohen Gras auf ihre Opfer lauerten. Ich war ahnungslos. Doch seitdem ich mit Columbo durch Parks und Wälder streife, muss ich ihm, trotz Zeckengegenmittels, täglich einige Exemplare aus dem sehr dichten langen Fell pulen, was für keinen von uns ein Vergnügen ist. Weder für Columbo, noch für mich, noch für die dem Tode geweihten Zecken. Inzwischen weiß ich so ziemlich alles über diese winzigen Tierchen mit den vielen Beinen, wir sind schon per du. Ich kenne ihre Ess-, Schlaf- und Fortpflanzungsgewohnheiten, einige kann ich beim Familiennamen nennen. Dennoch scheint es sich in der Zeckenwelt noch nicht herumgesprochen zu haben, dass ich eine erbarmungslose Jägerin bin, denn die Viecher lassen sich in Scharen auf meinen behaarten Freund nieder. Frech krabbeln sie in Ohren und verstecken sich in den abgelegensten Winkeln. Ich warte noch auf den Tag, an dem mein Deo versagt und sie auch an mir Geschmack finden. Vielleicht sinnen sie aber auch auf Rache für die vielen Morde an ihren Artgenossen und stürmen deshalb Tag für Tag unsere Wohnung. Ich jedenfalls werde nicht aufgeben und weiterhin drehen, quetschen und hinunterspülen ...

Columbo und seine Feinde

Überall in der Wohnung lauern Gefahren, die es furchtlos zu bewältigen gilt. So z.B. die als grüner Frosch getarnte Klobürste. Immer wieder höre ich ihn im Bad laut kläffen. Wenn ich dann nachschauen komme, zerrt er in kampfbereiter Pose besagte Bürste aus dem Behältnis. Hat er sie herausgelockt, kennt er keine Gnade. Erbarmungslos beißt und schlägt er auf sie ein, bis sie sich nicht mehr bewegt. Oder, was wesentlich öfter der Fall ist, wir ihr zu Hilfe eilen. Columbo ist misstrauisch. Selbst seine Kuscheldecke könnte ein Verräter sein. Überwiegt dieser Verdacht mal wieder bei ihm, versenkt er auch hierin wild knurrend seine Zähne. Oder sucht mit seinen scharfen Krallen (leider vergebens) nach verborgenen Schätzen ...

Columbo spinnt

Ich komme nach Hause und bin irritiert; habe ich mich in der Tür geirrt? Ist das gedopte Power-Bündel dort wirklich mein Hund? Folgende Szenerie bietet sich meinen müden Augen, als ich die Wohnung betrete. Mit angelegten Ohren rennt er in einem Affenzahn vom Flur durch die Küche bis ins Wohnzimmer, dort vollführt er eine stuntreife Kehrtwendung und rast (mindestens) im gleichen Tempo wieder zurück. Dabei rutscht er auf dem glatten Fußboden schon mal aus und legt einige Zentimeter auf der Seite liegend zurück, nicht weniger schnell. Bis ihn dann eine Wand oder ein angeknabbertes Stuhlbein stoppt. Ein ungeahnter Energieschub oder will er mir etwas beweisen? Auch den Satz ins Körbchen schafft er bei seinem jugendlichen Übermut nicht ganz. Die Hinterläufe bleiben draußen, es drückt sich dabei auch der Korbrand schmerzhaft zwischen seine Beine. Aber all das macht ihn nur wilder: Er knurrt im Halbkreis, in den er sich verbogen hat, seine Kuscheldecke an, zerrt an der Papprolle in seinem Korb und hüpft wie ein Känguru wieder heraus. Nichts ist vor ihm sicher, nichts; bis wir es ihm so oft verboten haben, dass er das Interesse verloren hat. Ob Mülltüten, Kabel, PCs oder Kleidung aller Art, sogar die stählernen Füße der Schreibtischstühle knabbert er an. Hieran allerdings beißt er sich manchmal die Zähne aus ...

Als der Spuk endlich vorbei ist, sitze ich nass geschwitzt auf dem Sessel, während Columbo faul und verschmust zu meinen Füßen liegt und sich nun ausgiebig hinter den Ohren

kraulen lässt. Gleich morgen werde ich eine neue Hunde-
futtersorte, in deren Namen weder das Wort „Energy"
noch „Power" oder Superfit" vorkommt, erstehen. Vielleicht sollte ich mir auch gleich ein paar Baldrianpillen dazu
besorgen?

Tierische Liebe

Columbo liebt – beinahe ebenso sehr wie Briefträger, Schlammpfützen und Steaks – seine Artgenossen. Alle, ausnahmslos. Ganz gleich, ob sie klein oder groß sind, bellen oder nicht, vier oder drei Beine haben ... Sobald er einen nur aus der Ferne sieht, fallen alle gelernten Kommandos einer zeitweiligen Amnesie zum Opfer, und er zieht mich mit der ganzen Kraft seiner inzwischen 35 Kilogramm selbstvergessen in Richtung hundeähnliches Wesen. Dass er dabei von Zeit zu Zeit irrt, erkennt er erst, wenn der dackelbraune Einkaufsziehwagen einfach nicht mit dem Schwanz wedeln will. Trifft er aber auf einen richtigen Hund, sinkt der in der Aufregung hoch erhobene Kopf erst dann, wenn es ans intime Schnüffeln geht ... Kaum ist diese erste Aktion vollendet, fordert Columbo sowohl Hund als auch Herrchen – ganz gleich welches Alter und welche Größe – hartnäckig zum Spielen auf. Notfalls springt er allein wie ein Flummi in der Gegend herum und rennt irre im Kreis. Mit angelegten Ohren veranstaltet er mit sich selbst Wettrennen. Nun ja, der Vorteil dabei ist, dass er nicht verlieren kann ... Hat er sich schließlich endlich ein wenig beruhigt, ist der andere Hund meist schon längst fort ... Auch vor der Tür unserer Nachbarn dreht er regelmäßig durch, denn diese beherbergen einen Kleintierzoo, Columbos sehnlichsten Wunsch.

Stundenlang sitzt er vorm Aquarium und sieht den Goldfisch schwimmen, von rechts nach links nach rechts nach

links nach … Am liebsten würde er den Hamster im Lauf-
rad begleiten, geduldig zählt er die Runden; hält dann noch
ein Schwätzchen mit dem Chinchilla, um letztendlich dem
Hasen das Futter zu klauen. Columbo hat halt ein Herz für
Tiere. Am niedlichsten aber ist es, wenn er sich selbstver-
liebt im Spiegel betrachtet … Ganz versunken scheint er
dann zu sein in seine imposante Erscheinung. Tja, wie heißt
es – wer sich selbst nicht liebt, kann auch die anderen nicht
lieben …? Columbo liebt euch alle!

Beschäftigungstherapie

Im Grunde findet Columbo ja alles irgendwie aufregend, und sei es nur das Ankommen des Briefträgers oder ein herannahendes Gewitter. Aber wenn manchmal so gar nichts los ist, es nicht einmal eine Fliege zu verfolgen gibt, langweilt er sich eben doch. Ziellos stromert er dann durch die Wohnung und vergisst nach und nach seine guten Manieren: Er leckt Krümel vom Boden, knabbert an der Zimmerpflanze – seitdem stehen bei uns nur noch Kakteen – und stupst mich mit seiner nassen Nase permanent am Bein; sodass sich zu den störrischen Hundehaaren auf meiner Hose zusätzlich ein dunkler Sabberfleck gesellt. Er schielt nach der gemütlichen Couch und beginnt, sich plötzlich für Elektrokabel zu interessieren. Um Columbos Gesundheit und unsere Haftpflichtversicherung zu schonen, gebe ich mich schließlich geschlagen: Zeit, sich mal wieder intensiv mit Spieltrieb und Entdeckerlaune zu beschäftigen. Ein Blick ins matschkalte Novemberwetter schraubt meinen im Winter ohnehin lahmgelegten Bewegungsdrang auf null – also heißt es: Indoor-Games! Da auch Columbos Lieblingssocken (selbst die heiß geliebten Sportsocken seines Frauchens – pfui …) mit der Zeit an Reiz verlieren, krame ich angestrengt in meinem Gedächtnis nach den vielen nützlichen Tipps, die ich in der Zeitschrift „Hundewelt" gelesen und mir fest vorgenommen habe, sie irgendwann einmal auszuprobieren … O.k., los geht es mit der beliebten Disziplin „Leckerchen suchen", doch bereits in der dritten Runde beschleunigt Columbo von 0 auf 5

(Leckerchen) in wenigen Sekunden – er kennt alle Verstecke. Ich versuche, meine Schreibarbeit wieder aufzunehmen, werde aber von einer Stifte-räubernden Hundeschnauze unterbrochen, die auch meine Unterarmbewegungen beim Tippen auf der Computertastatur nicht zulässt. Also, weiter geht es mit dem „Schüssellauf": Ich deponiere seinen Lieblingsball unter einer umgedrehten Plastikschüssel. Aber nach wenigen Minuten lautstarken über-den-Boden-Knirschens hat Columbo auch diesen Trick heraus: Er stößt die Schüssel kraftvoll gegen Wände und Möbel; oje, ich werde bei Gelegenheit die Versicherungssumme erhöhen lassen; schon kippt sie, und sein Spielzeug ist befreit. Ich komme langsam ins Schwitzen; Riesenstücke von Karton, Papier und angelutschten Plastikflaschen, ganz zu schweigen von den

diversen Gummihuhn-Gliedmaßen, liegen auf dem Boden verstreut – die ersten Versuche, Columbos Jagdinstinkt Genüge zu tun. Sein Interesse jedoch hält stets nur wenige Minuten – oder aber das Spielzeug … Als Nächstes opfere ich ein T-Shirt – meines Freundes wohlgemerkt … Ich verknote darin einen dicken Hundekeks, Columbo ist begeistert. Als die Stofffetzen nicht mehr kleiner werden können, fällt er zufrieden in den Schlaf der Gerechten, und auch ich lasse mich leise seufzend in einen Sessel nieder. Nun wäre endlich Zeit zum Weiterarbeiten, schließlich wartet die nächste Columbo-Kolumne schon – wenn da nicht das aus Krümeln, Stoffresten und Pappstreifen bestehende Chaos um mich herum wäre! Und während Columbo friedlich schnarcht, bin ICH erst einmal mit Aufräumen beschäftigt …

Ein Männlein steht im Walde

... mit vier Pfoten und ungewöhnlich stark behaart ...
Columbo liebt den Wald: Auf einem Quadratmeter gibt es
mehr zu entdecken als in der ganzen Wohnung. Aus diesem
Grund schnüffelt er dort nicht nur erdferkelgleich über den
Boden, sondern beginnt auch wie verrückt zu buddeln – und
zwar bis der ganze Kopf im Erdreich verschwunden ist. Da
steht er nun, mein kopfloser Hund, und gräbt neben Konservendosen und alten Schuhen auch Erinnerungen aus: Wie
schön es war, als man selbst noch als Zwerg auf dem Feld
oder im Schrebergarten fieberhaft gesucht hat, tiefer und
tiefer, nach einem Schatz aus längst vergangener Zeit. Tja,
Columbo wäre ein toller Schatzsucher - unermüdlich und all-
zeit bereit. Schade, dass hier wohl nur noch wenige Schätze
verborgen sind ... Nun, dann muss der schnöde Mammon
eben woanders herkommen: „Hm, Deutschland sucht den
Superhund" ist noch in Vorbereitung ... grübel, grübel; dann
werde ich Columbo als ökologischen Gartenumgräber ein-
setzen. Das ist eine Marktlücke! Und etwas fürs Auge ist er
auch noch, und erst die Kinder der Kunden ... Dienstleis-
tung heißt das Zauberwort. Also für das Gartenumgraben ist
Columbo wirklich prädestiniert, das kann er besonders gut;
vor allem dort, wo es ihm unter Strafandrohung verboten
ist: am allerliebsten in Schwiegermamas heiligem Rosen-
beet, hi hi. Ähm, nun gut, vielleicht schimpfe ich da auch
nicht so heftig, wie es angebracht wäre; zumindest könnte
für Außenstehende dieser Eindruck entstehen. Tja, wenn

die Kunden bei solch einem Fauxpas Columbos allerdings genauso reagieren wie die Schwiegermama, dann müssen wir wohl doch weiter nach Schätzen graben – vielleicht haben wir ja eines Tages Glück ...

Zweisam, dreisam ... einsam

Columbo scheint sich einen Teil seines Geschäfts immer so lang aufzuheben, bis es am unpassendsten ist: z. B., wenn man gut gelaunt im Sonntagsstaat über die szenige Stadtmeile flaniert. Man promeniert über den schön gepflegten Rasen vorbei an vornehmen Menschen mit erstaunlich sauberen Kindern. Beruhigt von dem Gedanken, dass Columbo heute bereits zweimal größere Dinge erledigt hat ... gerade in diesem Moment kniet sich der Hund urplötzlich hin, um einen stattlichen Haufen zu machen, nicht etwa dezent an den Rand, nein – ich sage nur: Er will immer in den Mittelpunkt ...! Und während man – betont lässig, doch von verräterischer Schamröte gezeichnet – hernieder kniet, um das Malheur – „Das macht er sonst nie ..." – zu beseitigen, just in diesem Augenblick geht der Traummann schlechthin vorbei. Wie gesagt, er geht vorbei, denn man hat nicht einmal den Hauch einer Chance, weil das Entfernen von Hundekot bewiesenermaßen die unerotischste Handlung im ganzen Universum ist ... Tja, selbst wenn er stehen bliebe und sich angeekelt abwenden oder lautstark lachend den Bauch halten würde, man kann sich ja nicht einmal vorstellen und so vielleicht noch die Situation retten, denn selbst ein simpler Händedruck (der erste und damit wichtigste körperliche Kontakt) wäre irgendwie vorbelastet ... Bei meinen männlichen Bekannten scheint das besser zu klappen; kaum eine Woche vergeht, da sich nicht einer Columbo zum Flirten ausleiht ... Aber es ist richtig: Durch das Gassigehen erhöht sich die Anzahl der Kontakte um ein Vielfaches, ob die Begegnungen einem nun gefallen oder nicht ... Besonders Bauarbeiter – schon von „Berufs wegen" äußerst kommunikativ – scheinen sehr tierlieb zu sein und scheuen sich selten, „Columbo" hinterherzupfeifen. (Ich bevorzuge es, die Pfiffe und Sprüche auf Columbo zu beziehen; das erspart mir den Ärger-bedingten Blutdruckanstieg...) Peinlich ist es allerdings im Café, wenn Columbo sich aus Angst vor einem grässlich im Wind klappernden Schildchen zitternd unter meinem Stuhl verkriecht. Obwohl, diese Masche kann manchmal ja noch ziehen, doch höchstens bis Columbo plotzlich wie irr geworden einen Kick-Start hinlegt. Dabei reißt er die um den Stuhl geschlungene Leine und mein auf demselbigen niedergelassenes Hinterteil mit sich fort ... Haben wir es dann trotz aller Widrigkeiten einmal geschafft, auf einen Kaffee sogar nach Haus eingeladen zu werden, pullert Columbo todsicher in die Diele oder bespringt die helle italienische Designer-Coach des charmanten Gastgebers. Spätestens wenn er dem Haushasen einen Herzinfarkt verpasst hat, ist Schluss, bevor es begonnen hat ...

Es kann nur einen geben

Columbo ist ein überaus toleranter Hund, aber bei einem sieht er rot: dem Staubsauger. Sobald er ihn nur ahnt, flüchtet er in ein anderes Zimmer. Dieses laut brummende monströse Gerät, das sich unbarmherzig durch sein Revier schiebt, keine Ecke auslässt, ist ihm nicht geheuer. Wenn es nach endlosen Minuten endlich verstummt, kommt Columbo langsam aus seinem Versteck hervor und wartet. Ist er sicher, dass es schläft, beginnt er zu knurren und es am Kopf zu stupsen. Dabei steht ihm der blanke Hass, aber auch Furcht ins kleine Hundegesicht geschrieben. Wenn das Ungeheuer dann plötzlich unter meinem Fuß wieder aufheult, springt er in einem riesigen Satz von ihm weg und wartet aufgeregt hechelnd in sicherer Entfernung auf seine nächste Chance ... Überall in der Wohnung lauern Gefahren, die es furchtlos zu bewältigen gilt. Und nicht nur das: Auch draußen in freier Natur ist er auf der Hut: Selbst sein Freund der Baum steht unter Verdacht. Misstrauisch gräbt Columbo Wurzel für Wurzel aus, um dessen tiefste Geheimnisse zu ergründen, denn man kann nie wissen ... Und auch an hilflose Tennisbälle pirscht er sich Unheil bringend heran. Ganz leise setzt er seine dicken Pfoten aufs Parkett, den Kopf gesenkt. Den letzten halben Meter spannt er seinen Körper und schießt auf die Beute los. Da hat kein Tennisball eine Chance. Problematisch wird es, wenn sich dieser aber unter den Schrank oder die Couch flüchtet. Bleibt die Pfotenvariante erfolglos, gehorcht Columbo dennoch weiterhin seinem

Jagdtrieb. Platt wie eine Flunder, beide Schenkel gespreizt, macht er sich auf ins geheimnisvolle Terrain. Langsam kriecht der Vierbeiner voran, bis er den Ball hat. Dann wird der Rückwärtsgang eingelegt, und er schiebt sich nach hinten zurück. Dabei stößt er sich schon einmal den Kopf oder läuft kurz danach gegen eine Kante, aber er hat seine Beute ... und lässt sie frühestens nach 10 Sekunden wieder los – um sofort das nächste Opfer auszumachen.

Der Handwerker-Schreck

Nicht genug, dass Columbo klammheimlich Werkzeug entführt und die in mühsamer Kleinarbeit geordneten Schrauben mit einem einzigen unvorsichtigen Taps durcheinanderwirft ... Er quetscht sich neugierig in die schmutzigsten Lücken, drängt sich in seinem ungebremsten Forscherdrang in jeden noch so winzigen Zwischenraum, um seine feuchte Nase in alles zu stecken, was ihn nichts angeht – ungeachtet dessen, dass bei seinem resoluten Vordringen so manches unserer (Körper-)Teile Schaden nimmt. Wenn er nicht gerade mit dem Farbtopf kämpft und den Bohrer zu übertönen versucht, kaut er auf dem geliehenen Zollstock herum oder verschleppt unsere einzige Rettung – die Aufbauanleitung für unseren neuen Schrank, der auf den wohlklingenden Namen „Björnson" hört. Dabei macht er immer wieder neue ungewöhnliche Verstecke ausfindig. Als selbst im Wäschekorb nichts zu finden ist, geben wir es auf ... Haben wir dann aber unter Mobilisierung sämtlicher Kräfte und Reservewinkel dennoch etwas halbwegs brauchbares zusammengezimmert, erscheint Columbo schwanzwedelnd, mit der zerfledderten Aufbauhilfe in der Schnauze ... Während ich Columbo die Schrauben aus dem Fell sammle, fallen mir seine ungewöhnlich hellen Ohren auf – und kurz darauf die anatomisch eindeutigen Abdrücke an der frisch gestrichenen Wand. Seither sprechen uns viele Besucher auf unser interessantes Tapetenmuster an. Wir haben uns auf „Dieser

Kunstdruck entspricht dem deutschen Animalismus des frühen 21. Jahrhunderts" als Antwort geeinigt. Danach folgt diesbezüglich in der Regel keine weitere Frage, sondern nur verständnisvolles Nicken.

Geschmackssache

Seitdem selbst der Tierarzt beim Thema Übergewicht jedes Mal unwillkürlich *mich* anschaut, habe ich zum ersten Mal in meinem Leben beschlossen, eine Diät zu machen. Etwas weniger essen, etwas länger Gassi gehen, schließlich wollte ich meinem athletischen Hund ein Vorbild sein, kein Problem – dachte ich ... Die Schwierigkeiten begannen bereits bei den täglichen 150 Sit-ups: Spätestens bei Nummer zwei sprang mir Columbo auf den Solarplexus, hocherfreut über Frauchens vermeintliche Spielaufforderung, biss mir quietschvergnügt in die Zehen oder begann mit bemerkenswerter Präzision, meine Gymnastikmatte zu zerlegen. Dennoch hatte ich beim Gassigehen genügend Bewegung – beim zügigen (Davon)Laufen und ausdauernden (Weg)Rennen, z. B. vor Wildledermänteln mit verräterischen Pfotenabdrücken. Bei der FdH-Sache allerdings war mir Columbo eine große Hilfe: Ich fraß die eine, Columbo die andere Hälfte ... Gemeinsam sabbernd sahen wir uns sämtliche Kochsendungen an, während ich an Reiscrackern mit dem Geschmack und dem Kaloriengehalt einer Schuhsohle nagte, die sogar der Allesfresser Columbo verschmähte. Es war zum Verzweifeln; ich versuchte sogar, mit dem Rauchen zu beginnen, weil dies ja angeblich das Hungergefühl dämpft. Es funktionierte: Mir wurde so schlecht, dass ich das Gefühl hatte, nie wieder etwas essen zu können. Doch ich irrte mich; kurz danach fiel mir zum ersten Mal auf, welch eine süße Schokonase Columbo doch hat und was für schöne Mandelaugen, und sein Marzipan-farbenes Fell … Ich riss meinen Blick los; es war Zeit, Columbo zu füttern. Ich öffnete die Dose, Reis und Huhn stand auf dem Etikett. Columbo verfolgte in freudiger Erwartung, wie ich die saftigen Fleischstücke in seinen Napf – und nach kurzem Zögern in eine zweite, nämlich meine Lieblingsschüssel füllte. Tja Columbo, FdH: Friss die Hälfte!

Hund und Herrchen

Ganz gleich, welches Hund&Herrchen-Duo man trifft, keine Begegnung ist wie die andere. Oft ist einer bissig ... Columbos Aufgabe ist es herauszufinden, welcher von beiden. Dabei kann man sich ziemlich verschätzen. Der nette Herr dort mit dem gutmütigen Blick und dem miesepetrigen Dackel an der Leine scheint ein angenehmer Zeitgenosse zu sein ... bis man neben ihm steht. Kaum dass er Columbos sabbernde Freude bemerkt, verzerren sich seine Gesichtzüge raubtierhaft, und er stößt ein gefährliches Knurren unter seinem dichten Schnäuzer hervor – oder war es doch der Hund? Auf alle Fälle flüchtet sich Columbo, alles Heldentum vergessend, hinter mich. Sich dort sicher wähnend, steckt er den Kopf hervor und stößt todesmutig ein leises hohes „Wuff" aus. Als Columbo bemerkt, dass diese Aktion – oh Wunder – nicht den gewünschten Erfolg bringt, zieht er sich wieder hinter meine kurzen ungeschützten Beinchen zurück. Da Hund und Herrchen auf diese Möchte-gern-Attacke gleichermaßen empfindlich reagieren, sind Columbo und ich uns jedoch endlich einmal einig: Wir laufen, was das Zeug hält ...

Columbo beim Doc

Alle reden von Gesundheit: Nachbarn, Politiker, Verwandte – nur Columbo lässt das völlig kalt. Nun ist er auch kerngesund, nur die Langeweile „zwickt" ihn hin und wieder. Aber im Ernst, Columbo ist wahrscheinlich weit und breit der einzige Hund, der gern zum Tierarzt geht; der nicht schon beim Parken nervös wird und den man nicht die wenigen Schritte zum Eingang der Tierarztpraxis hinterherschleifen muss. Im Gegenteil, Columbo kann es kaum erwarten, bis sich endlich die Tür öffnet. Schwanzwedelnd läuft er zum Empfangstresen, freut sich „tierisch" über das anwesende Personal und wird auch regelmäßig von der charmanten Arzthelferin mit „Na, du bist ja ein Prachtexemplar!" willkommen geheißen. Ja ja, everybody´s darling – wenn mich mal alle Leute so nett begrüßen würden ... Columbo ist sichtlich begeistert, vor allem natürlich vom Wartezimmer und den vielen anderen Tieren. Da zwitschert und piept und miaut es, dass es eine Freude ist. Ihm zumindest; wir Zweibeiner empfinden diesen Lärmpegel oft als weit weniger angenehm; manche meiner Leidensgenossen fühlen sich nach einer Weile inmitten dieses Chaos bald selbst schon ganz krank ... Columbo aber ist glücklich; ab und an tut er seine Aufregung mit einem tiefen lauten Bellen kund, erschreckt die eine oder andere Katze oder deren Besitzer. Nur eines ist nahezu unmöglich: ihn dazu zu bewegen, auf die Waage zu steigen. Kaum ist eine Pfote oben, sind die anderen drei schon wieder unten. Ihn lädt dort einfach nichts zum Verweilen ein;

nun, verständlich, die versammelte Tierwelt um ihn herum ist natürlich tausend Mal interessanter! Die einzige Chance habe ich, wenn das Wartezimmer gänzlich leer ist. Dann übrigens stützt er sich mit Vorliebe vorderpfotig auf den Sims und schaut aus dem Fenster aufmerksam den Passanten nach. Einer besonders anmutigen Hundedame ist er neulich beinahe durch den Fensterrahmen gefolgt. Als „Jagdhund" entgeht ihm selbstverständlich auch kein Geräusch: ob sich die Helferin nur einen Kaffee eingießt oder aus dem angrenzenden Behandlungszimmer gar Laute des Unmutes dringen. Im letzteren Fall hockt Columbo ganz dicht vor der großen weißen Flügeltür und lauscht gespannt. Sobald sich diese jedoch öffnet, läuft er sofort bedenkenlos, ja freudig erregt in den Raum, schnüffelt neugierig in

allen Ecken und lässt sich ausgiebig streicheln. Erst dann, wenn wir mit vereinten Kräften seinen kräftigen Körper auf den hüfthohen Behandlungstisch gehievt haben, wird er plötzlich still. Dort oben, das ist ihm doch nicht geheuer, er wirft skeptische Blicke auf die seltsamen Instrumente, was ihn aber nicht daran hindert, die dargebotenen Leckerlis mit einem Happs zu verschlingen. Ungeniert beschnüffelt er alle erreichbaren Utensilien, lässt zu meiner Verlegenheit auch den Schoß der Tierärztin nicht aus und holt sich schließlich dank seiner liebenswürdigen Erscheinung noch eine Extraportion Hundekuchen ab. Verhätschelt und gelobt schreitet er schließlich stolz aus der Praxis – allerdings nicht ohne vorher noch einen letzten abenteuerlustigen Blick ins Wartezimmer zu werfen.

Holzkopf

Columbo kann einen schon gehörig in Verlegenheit bringen. Nicht allein dass er jeden seinem Herrchen auch nur entfernt ähnlich sehenden Mann auf der Straße herzzerreißend anjault und mich hinter ihm herzieht oder dass er eigentlich schon längst stubenrein, bei den besten Freunden auf den neuen Perser-Teppich pullert. Nein, in seiner naiven Art kann er die reinsten Katastrophen heraufbeschwören. Erst neulich hat er geschafft, dass wir jetzt nur noch vermummt in einen bestimmten Teil der Stadt gehen. Und das kam so: Um ihm den Weg zum Briefkasten zu versüßen, warf ich für ihn ein Stöckchen. Dieses prallte im Sinkflug an einem Laternenpfahl ab und landete um die Ecke. Mein treuer Vierbeiner schaute mich so fragend an, dass ich ihn nichts ahnend ermutigte: „Na los. Hol das Stöckchen." Als ich um die Ecke bog, bot sich mir ein Bild des Schreckens. Während eine alte gebrechlich wirkende Dame mit piepsender Stimme abwechselnd um Hilfe schrie und Columbo beschimpfte, versuchte dieser ihr den hölzernen Gehstock zu entreißen. Mit schockgeweiteten Augen überlegte ich, ob ich weglaufen oder mich der Situation stellen sollte. Da mich die Dame bereits erblickt hatte, blieb mir keine Wahl. Ich pfiff meinen Hund zurück, der nur widerwillig von dem vermeintlichen „Stöckchen" lassen wollte und entschuldigte mich mit hochrotem Kopf bei der Dame, die ebenfalls einem Herzinfarkt nahe schien. Seither gehe ich allein zum Briefkasten …

Post-traumatisch

Columbos geschärften Sinnen entgeht nichts: ob die Nachbarn streiten, der Postmann zweimal klingelt oder jemand irgendwo im Haus eine Kühlschranktür öffnet. Gern hält Columbo auch zweipfotig vom Fensterbrett aus Ausschau, guckt Po-wackelnden Hundedamen nach und hofft vielleicht auf ein vorbeifliegendes Brathähnchen ... Doch am größten ist die Aufregung, wenn es ein Paket zu öffnen gilt, je größer und gelber desto besser: Von Vorfreude geschüttelt, rennt Columbo schon vor dem ersten Schnitt wild durch den Flur. Aufgeregt hechelnd verfolgt er jede unserer Bewegungen, erschaudert beim „Ratsch" des Cutters und zwängt noch vor uns seine nasse Nase zwischen die Deckelteile. Staunend begutachtet er jedes Stück, das herausgenommen wird, hält aber respektvoll Abstand vor den unbekannten Eindringlingen ... bis ihn die Neugier doch alle Vorsicht vergessen lässt und er den Besucher mit seiner weichen Schnauze zu stupsen beginnt. Kommt allerdings keine Gegenreaktion, verliert er schnell das Interesse und wendet sich dem verbliebenen Inhalt zu. Doch am spannendsten ist für ihn gar nicht der eigentliche Inhalt, auch wenn er sich todesmutig kopfüber in das Paket stürzt, sondern das Verpackungsmaterial. Ob Plastikfolie, Kartoneinlagen, Styropor oder Bläschen-Polster – Columbos Augen beginnen zu leuchten, er schnappt sich ein Stück, und klammheimlich zieht er damit von dannen. Unser Wohnzimmer hat sich wenig später in eine Märchenwelt oder in eine Müllkippe verwandelt; die

Sichtweise ist abhängig von dem, der sauber machen muss. Jedenfalls schwirren hunderte Styroporflocken schneefallgleich durch die Luft, während Columbo wie irr dazwischen umherspringt. Bis er schließlich die Lust verliert und auf den Polsterungen friedlich einschläft. Und in all dem Chaos soll ich jetzt eine Geschichte schreiben?! Nun, ein Thema habe ich ja schon: Columbos geschärften Sinnen entgeht ...

Po und kontra

Columbo hat eine ganz besonders innige Beziehung zu seinem Hinterteil. Nicht allein dass es ihn zwangsläufig überallhin begleitet; manchmal scheint es sich sogar selbstständig zu machen:

z. B. wenn bei Frauchens Rückkehr die Freude so groß ist, dass der Schwanz mit dem Hund wedelt. Oder wenn sein Hinterteil gar beim Rennen den Kopf überholt … Nicht selten erschreckt er sich vor dem Laut seines eigenen Lüftchens und sieht sich überrascht um. Vor allem wenn schimmernde Seifenblasen mir verraten, dass er wieder am Spüli genascht hat. Als mein Vierbeiner noch ein Dreikäsehoch war, und das meine ich wortwörtlich, schauten ihm zeitweilig die Leute nach, dass es mir beinahe peinlich wurde: Columbo wackelte mit dem Hüftschwung einer erfahrenen Bordsteinschwalbe die Straße entlang. In dieser Zeit gewöhnte ich mir an, betont maskulin neben ihm zu gehen … Noch heute und trotz vieler Aufklärungsversuche begrüßt die Briefträgerin unseren P(r)otagonisten mit einem geflöteten: „Na, meine kleine Süße". Nicht selten muss er sich dank seiner Neugier aus den engsten Verstecken mit dem Hintern voran herausmanövrieren, was für ihn kein Problem ist - doch auch sonst versucht er einiges hintenrum … Mit Vorliebe streckt er seinen Feinden das Heck ins Gesicht nach dem Motto: „Du kannst mich …" Tja, er kann ganz schön hinter(n)hältig sein …

Ob er wie ein Wahnwitziger in atemberaubendem Tempo den eigenen Schwanz jagt, sitzend über den Boden rutscht oder sich schneckenartig verrenkt, um an gewissen Stellen zu schnuppern – bei ihm bekommt das Wort PO-PELN eine ganz eigene Bedeutung …

Ja, wo laufen sie denn

Geradeaus scheint für Columbo ein Fremdwort zu sein. Prinzipiell läuft er in Schlangenlinien oder hüpft von rechts nach links. Anfangs hat er sich bei seinen querfeldein-ringsherum-und-zurück Aktionen mit der Leine oftmals selbst um die Laterne gewickelt, später fesselte er unschuldige Passanten. Regelmäßig ins Torkeln kommt er bei seinen Kämpfen mit den Riesenstöckern, die oft doppelt so lang sind wie er selbst. In ihnen scheint er eine unwiderstehliche Herausforderung zu sehen, obwohl sie furchtbar unhandlich sind: Bereits nach wenigen Schritten stolpert er mit mindestens zwei Beinen über das riesige Holzstück in seinem Maul, das er quer unter seinem Bauch herschleift; spätestens dann, wenn er sich den Kopf nach mir verrenkt. Hat er sich dann wieder aufgerappelt, seine Läufe geordnet und den Stock halbwegs gerade im Maul, schlägt er mir das äußere Ende seiner hölzernen Beute beim Vorbeirennen nicht selten schmerzhaft in die Kniekehlen. Wehmütig schaut Columbo seinem Herrchen hinterher und läuft dabei blind vor Liebe gegen den Außenspiegel eines Autos, dass es kracht. Tja, er ist gewachsen, aber er scheint seine Ausmaße noch nicht ganz realisiert zu haben. Dass der Küchentisch nicht mitgewachsen ist, haben ihn diverse Kopfstöße inzwischen aber gelehrt.

Sport ist Mord

So richtig sportbegeistert scheint Columbo nicht zu sein. Zwar verfolgt er mit Vorliebe Jogger und Fahrradfahrer, aber wenn ich die Karatekämpfer aus dem Fernsehen imitiere, ergreift er panikartig die Flucht. Ich bin mir nicht sicher, ob das an meiner Technik oder dem Kampfgeschrei liegt ... Also versuche ich es auf die klassische Art und Weise. Ich quäle mich durch verschiedene Ballettübungen, doch bereits bei der ersten Pirouette beißt mir Columbo begeistert in den großen Zeh. Als er beim Fußballspielen auch noch seine Zähne im Ball versenkt, gebe ich es auf. Seitdem frönen wir beide ausschließlich dem „Colund-ich-Toben", eine seltene Sportart aus Springen, Beißen und über den Boden rollen, die meines Wissens nur Columbo und ich beherrschen.

See ich richtig

Um endlich wieder einmal meine Ruhe zu haben, schickte ich kürzlich meine beiden Männer, Freund und Hund, zu einem gemeinsamen Ausflug. Wieder in heimischen Gefilden hatte der eine eine permanente Diarrhö vom Seewasser-Schlürfen und der andere ein türkisfarbenes Bikinioberteil der Größe C mitgebracht ... Der gestotterte Bericht meines Freundes lautete etwa folgendermaßen: „Äh, also, wie du ja weißt, ist Columbo eine Art `Seeungeheuer´; sobald wir uns in der Nähe einer öffentlichen Badestelle befinden, fallen sämtliche didaktischen Teilerfolge einer akuten Frischluft-Amnesie zum Opfer: Kaum von der Leine sprintet Columbo einer ahnunglosen Dame hintendrein und schnüffelt ihr prompt am Allerwertesten. Weder Pfeifen (nach der Pfeife ...) noch Schimpfen hilft; erst als ich hochrot auf zwei Meter dran bin, besinnt sich der (Schweine)Hund, kreuzt daraufhin aber den Weg eines ballspielendes Kindes. Und obwohl ihn normalerweise Bälle völlig kaltlassen – Apportieren findet er total langweilig – schnappt er sich ausgerechnet jetzt das runde Spielzeug und zieht von dannen. Sprachlos sehen Kind und ich ihm nach – bis das Geplärre losgeht. Zeit, eine Runde zu Schwimmen, am besten gleich bis nach Amerika ... Mit einem satten Bauchklatscher holt Columbo mich ein, er japst und röchelt in mein Ohr wie meine Oma beim Schwimmkurs. Nebenbei wickelt er sich Algen um die Ohren, verschluckt sich beim Wellen-Schnappen und kläfft das Treibholz an. Außer er ist gerade damit beschäftigt, vor

den Flugenten Reißaus zu nehmen oder Unmengen Müll an Land zu schleifen. Während ich schon wieder auf meinem Handtuch liege, beobachtet er noch verwundert die Boote und schwimmt dabei viel zu weit hinaus. Verwirrt rudert er im Kreis, zwischenzeitlich ist er im Schilf verschollen. Als er wieder vor mir steht, hat er sich klitschnass mit Zuckersand paniert. Er setzt an, und ich – doch da ist es bereits zu spät: Columbo macht den Zitteraal, und die Matschepampe fliegt nach allen Seiten. Unsere Nachbarn finden wenig Vergnügen an diesem Naturschauspiel, besonders als Columbo auch noch versehentlich deren Strohhut besteigt ... Bevor ich einen Tobsuchtsanfall bekommen oder mich vergraben kann, geht Columbo Grasbüschel, fremde Frisbees und Gummitiere jagen. Beim Aufspringen zertrample ich eine fünfstöckige

Sandburg und ertappe ihn bei einem quietschvergnügten Kleinkind, dem er abwechselnd Eiscreme und Sonnenmilch vom Körper schleckt. Schließlich packe ich unseren klebrigen Hund und lasse ihn zwangsweise noch eine Runde schwimmen. Auf dem Rückweg schnüffelt er nur hie und da, läuft aber brav bei Fuß. Wieder am Platz entdecke ich zu meinem Entsetzen ein Bikinioberteil in seiner Schnauze. Oh nein, was tun? Verschwinden lassen? Einfach abhauen? Aber ich kann doch nicht ... als ich den bösen Blick der Zwei-Zentner-Frau sehe, hat mein Überlebenstrieb gesiegt – na und da hab ich einfach vergessen, dass ... ich das Teil ...“
„Nicht sehr klug von deinem Überlebenstrieb damit hierher zu kommen ...“, erwidere ich kühl und scheuche die beiden Herren unter die Dusche.

Tierische Gemeinsamkeiten

Es gibt ja einige offensichtliche Gemeinsamkeiten zwischen Mensch und Tier: Beide Gattungen lieben es in der Regel, zu essen, zu schlafen und zu spielen. Außerdem urinieren die männlichen Vertreter häufig im Stehen ... Einzig bei der Lauflust sind unterschiedliche Neigungen auszumachen; so würde der Hund am liebsten einen täglichen Dauerlauf veranstalten, während Männchen schon zum Zigarettenholen mit dem Wagen fährt. Aber stellen wir uns doch einmal vor, der Mensch hätte sämtliche Verhaltensweisen des Hundes angenommen. Dieser Mensch könnte zum Beispiel Ihr alter Freund oder ein Geschäftspartner sein... Es klingelt, Sie öffnen die Tür. Zur Begrüßung wedelt Ihr Besuch freundlich mit dem Schwanz(!), um sich gleich darauf schnüffelnd an Ihrem Hinterteil zu schaffen zu machen. Er läuft hechelnd und sabbernd durch die Wohnung, frisst alles leer, was er erreichen kann, und pinkelt zu guter Letzt an Ihre Zimmerpalme. Spätestens wenn er versucht, die Hausherrin zu besteigen, dürfte Ihre Geduld am Ende sein. Sie würden ihn wohl unsanft am Schlafittchen packen und knurrend hinausbefördern, wenn Sie ihn nicht sogar vor Zorn ins Ohr bissen. Das Tier im Manne, grrr...

Bildung geht durch den Magen

Columbo zählt unbestritten zu den belesensten Hunden, die ich kenne. Bevorzugt verspeist er aktuelle Zeitungen und Sachbücher, gönnt sich aber auch ab und zu ein Lesezeichen. Dauerhaft käme uns das zwar billiger als das teure Markenfutter, würde aber seinen Verdauungstrakt mit der Zeit doch überfordern und uns irritieren – oder möchten Sie im Haufen Ihres Hundes die Schlagzeile der gestrigen Tageszeitung lesen können?

Wach Hund

Columbo ist nicht wirklich mutig. Trotz seines Beinamens „Jagdhund" zieht er es meist vor, in bequemer Deckung, z. B. hinter meinen Schienbeinen, die ich doch so gern noch etwas länger behalten möchte, den dicken Willy zu markieren. Das einzige, was er jagt, ist die Kühlschranktür … Und sobald sich abends die Wohnungstür öffnet, springt er nicht treu und ergeben, vor Freude trunken seinem Herrchen entgegen, wie es sich für den „besten Freund des Menschen" gehört – nein, er rennt, so schnell ihn seine vier Pfötchen tragen, zu mir ins Schlafzimmer, um sich ängstlich an mich zu kuscheln! Briefmarkengleich quetscht er sich unter das Bett, schaut abwechselnd zu mir und zur Tür und kommt erst auf gutes Zureden wieder heraus. „Ja, sieh doch mal, wer da kommt", versuche ich ihn zu ermutigen. Doch keines der bekannten zehn Pferde könnte ihn jetzt aus dem Raum herauslocken. Geht dann aber das Licht im Flur an, nähern sich leise Schritte, beginnt allmählich doch der Kampf zwischen rasender Neugier und welpengleicher Urangst. In gesteigertem Tempo läuft er nun zwischen Bett und Tür hin und her, je nachdem: mit hocherhobener Rute oder eingekniffenem Schwanz – aufgeregt, wie er ist, verwechselt er schon einmal das eine mit dem anderen. Allerdings schleicht er immer nur genau bis zur Türschwelle, keinen Millimeter weiter. Dort bleibt er kurz stehen, lauscht, streckt den Kopf giraffenartig und zum Zerreißen gespannt in das angrenzende dunkle Wohnzimmer, um sich beim kleinsten

Laut sofort wieder hinter dem Sessel zu verstecken. Wird dann schließlich das Zimmer betreten, scheint Columbo auf die Größe seines Gummihuhns geschrumpft zu sein. Erst wenn ich dem vermeintlichen Eindringling keine Bratpfanne über den Kopf gezogen habe, schickt sich Columbo an, den fremden Mann doch als Herrchen zu begrüßen, als ob nichts gewesen wäre. So viel zum Thema Revierverteidigung – unser Hund ist nicht einmal ein „Wachhund", wenn er nicht schläft ...

Der Steinbeißer

Immer wieder sprechen mich die Leute auf Columbos Ähnlichkeit mit dem fliegenden Glücksdrachen „Fuchur" aus der „Unendlichen Geschichte" an. Und wirklich, Columbos gütiger Blick, sein helles Fell und die auffallend große feuchte Nase erinnern stark an dieses Fabeltier. Doch Columbo fliegt nicht (er flieht höchstens …), dafür teilt er die Leidenschaft eines anderen Fantasiewesens aus dem bekannten Roman: des Steinbeißers. Jeder Ball, jedes noch so ausgefeilte Spielzeug lässt Columbo kalt – er liebt Steine. Schnöde, graue, kalte Steine. Tritt man nur versehentlich gegen einen solchen, erwachen in Columbo ungeahnte, längst verloren geglaubte Jagdinstinkte. Mit gespannten Muskeln und aufgerissenen Augen verfolgt er jeden weiteren Schritt. Rollt dann ein Stein weiter als zehn Zentimeter, ist er sofort zur Stelle: Mit einem Schnellstart sprintet er hinterher, bremst so scharf, dass die Pfoten qualmen und wirft sich mit einem gekonnten Hechtsprung auf das kleine nichts sagende Steinchen. Hat er es erst einmal erlegt, trägt er seine Beute mit stolz geschwellter Brust umher. In Siegerpose läuft er neben Frauchen her, nicht einmal beim Urinieren legt er den blöden Stein aus der Schnauze… Keinem Ball, keinem Stöckchen jagt er hinterher; sogar den Bockwurstmampfenden Passanten lässt er links liegen.

Da hilft nur eins: den nächsten Stein loszuschießen –am besten ganz weit weg …

Fröhliche Weihnachten

„Friedlich" im eigentlichen Sinne war unser Weihnachtsfest letztes Jahr nicht: Nachdem Columbo die Schokolade aus unserem Adventskalender geschleckt, den Weihnachtsbaum ins Wanken gebracht und in die frisch verschenkte Lederjacke ein faustgroßes Loch gerissen hatte, beschlossen wir am ersten Feiertag, einen entspannenden Spaziergang zu unternehmen. Columbo war natürlich begeistert. Schließlich erlebte er gerade seinen ersten Winter. Hüpfend schnappte er nach den Schneeflocken und grub aus Leibeskräften in dem weißen kalten Zeug, das so schön unter den Pfoten knirschte. Die Schneemänner im Park beschnupperte er nur misstrauisch, während andere Hunde an ihnen ungeniert ihr Bein hoben. Beim Rodeln rutschte er auch ohne Schlitten fröhlich hinter uns den Berg hinunter und warf in seinem Übermut so manchen sprichwörtlich aus der Bahn. Auch bei der Schneeballschlacht mischte er fleißig mit: Er jagte die Schneebälle, die sich auf geheimnisvolle Weise in seinem Maul in Wasser aufzulösen schienen. Zu Hause genoss er noch einen Hundekuchen in Form eines Tannenbaumes, den er am Heiligen Abend geschenkt bekommen hatte – obwohl er alles andere als artig gewesen war ...

Columbo hat Geburtstag

Es ist wieder so weit. Was schenkt man einem Vierbeiner zum Geburtstag? Beim Geburtstagsständchen dreht er sich alljährlich gelangweilt weg, und Sekt ist auch nicht gerade seine Sache; neues Spielzeug lässt er aus Prinzip mindestens zwei Tage in der Ecke schmoren, aber über das raschelnde Geschenkpapier freut er sich riesig … Der Wecker klingelt, es ist acht Uhr morgens – am Wochenende versteht sich … Da höre ich schon ein fröhliches Schnauben an meinem rechten Ohr. Oh nein, er hat es nicht vergessen: Ich hatte Columbo versprochen, zur Feier des Tages Herrchens „Maleben-um-den-Block-Gassigeh-Methode" zu toppen und einen ausgiebigen Feld-und Flur-Ausflug mit diesem champagnerfarbenen Fellbündel zu unternehmen. Da behaupte einer, Hunde verstünden uns nicht. Ich rüttle und schüttle energisch das schnarchende Menschenbündel neben mir, doch nichts passiert. Ich kapituliere – an diesem Tag übrigens nicht das letzte Mal … Ich hänge schlaftrunken an der Kaffeetasse und versuche, endlich die Augen aufzubekommen, um zu sehen, ob es wenigstens nicht regnet. Doch wer auch immer für das Wetter zuständig ist, ist heute milde gestimmt. Columbo hüpft schon vor Aufregung von einem Bein auf das andere – vielleicht liegt es aber auch daran, dass er in der vergangenen Nacht unbedingt herausfinden wollte, was sich am Boden seines Napfes befindet, und folglich ca. zwei Liter Wasser intus hat … Mit Turnschuhen, Tennisball und Leine bewaffnet, machen wir uns auf den Weg. Die Sonne scheint mir heute irgendwie heller als sonst; geblendet kneife ich die Augen zusammen und versuche, den ungewöhnlich zahlreichen Laternen auszuweichen. Mein Freund auf vier Pfoten ist dagegen schon voll in Fahrt: Millimetergenau wird jede Hauswand beschnüffelt, jeder Baum besprenkelt – in dem Tempo kommen wir erst nachmittags in den Wald … Ich werfe also den Ball schön weit geradeaus, und Columbo sprintet brav hinterher. Bis er plötzlich abrupt stehen bleibt. Ich starre auf die Brennnesseln und sage mir immer wieder, dass Golden Retriever ja schließlich Apportierhunde sind … Mit einem gedanklichen Stoßgebet fordere ich Columbo auf, den Ball zu bringen, und zeige zitternd in die entsprechende Richtung. Doch dieser hat längst die Lust verloren. Lässig trabt er über die Wiese, kaut an einer Blume oder schaut einem aufgeschreckten Vogel nach. Ich bin allein mit meinem Leid. Nein, nicht ganz: zähneknirschendlächelnd krabbele ich unter den belustigten Blicken einer Gruppe von japanischen Touristen – einige zücken ihre Kameras – in die Brennnesseln. Wie gut, dass ich mir, um endlich einmal etwas Farbe zu bekommen, das kurze ärmellose Sommerkleid angezogen habe, grrrr. Fleckig rot setze ich unseren Spaziergang fort, fest entschlossen, mir nicht die Laune verderben zu lassen, schließlich hat Columbo Geburtstag. Am Waldrand sitzt eine Maus – panisch zerre ich an der Flexileine, ohne dass etwas passiert. Doch meine Sorge ist vollkommen unberechtigt: Desinteressiert wirft Columbo einen Blick auf das graue Etwas und läuft gemächlich weiter. Irritiert überlege ich, wie alt Columbo genau geworden ist … Doch kurz darauf ist seine Kampfeslust wieder präsent: Er versucht abwechselnd einen bunten Schmetterling und eine schlammfarbene Schmeißfliege zu erwischen – Columbo macht da keine großen Unterschiede. Ein paar entzückte Spaziergänger, Wau-Wau-schreiende Kleinkinder auf den Schultern, unterbrechen schließlich Columbos Schattenboxen. Er wendet sich dem nächsten Abenteuer in Form einer weggeworfenen, inzwischen sicher antiken Picknicktasche zu. Sie ist sicher schon viel älter als Columbo selbst: Form und Farbe sind unkenntlich, ich meine aber zwischen all den Insekten ein Flaschen-Etikett aus der Woodstock-Ära erkannt zu haben … Columbo beginnt seine Ausgrabungen mit präziser Sorgfalt. Zu allem Überfluss entdeckt er in unmittelbarer Nähe einen Haufen undefinierbarer organischer Substanzen, in dem er sich, noch ehe ich den Mund aufkriege, genüsslich wälzt. Grün, braun und stinkend kehrt er schließlich zurück und schüttelt sich direkt neben mir. Ich wische mir die schleimigen undefinierbaren Dinge von meinen nackten Beinen und bin heilfroh, dass ich nur einen Toast im Magen habe. Die nächste Station ist der kleine Teich im Park; doch statt hübscher Seerosen schwimmt nur Müll in allen Farben und Formen auf der

Wasseroberfläche. Columbo schnappt natürlich vergnügt nach all dem lustigen Tand, bis ihn endlich ein Hundegenosse aus dem Wasser locken kann. „Mein Willy ist ganz brav", brüllt der grobschlächtige Hundehalter uns bereits von Weitem ungefragt entgegen. Der nette Hund entpuppt sich dann aber doch als recht aggressiv, zumindest gegenüber der Hälfte aller Hunde – und Columbo zählt nun mal zu den Rüden (auch wenn das unsere Briefträgerin bis heute nicht glaubt): Knurrend schleicht der Kampfdackel um den zu Angst-Eis erstarrten Columbo herum, während das Herrchen vergebens versucht, seinen braven Hund anzuleinen … Als ich endlich Columbos Hinterteil aus dem feindlichen Hundegebiss befreit habe, hören wir nur noch ein vorwurfsvolles „Das macht er sonst nie!" aus der Ferne, dann trollen sich Hund und Herrchen. Auf den Schock gönnen wir uns erst mal zwei Würstchen an der Bude, Columbo freut sich sehr und scheint den Schreck schon längst vergessen zu haben, mir aber schlottern noch immer die Knie von so viel Testosteron … Wir spazieren weiter unter blauem Himmel an einem üppig bewachsenen Feld vorbei. Die Pflanzen stehen dort so hoch, dass ich oft nur Columbos wedelndes Endstück beim Schnüffeln aus dem Feldrand herausragen sehe. Hin und wieder verschwindet er auch ganz, und man kann nur anhand einiger sich leicht bewegender Ähren seine Spur verfolgen. Auf dem Rückweg begegnen wir einer dicken schwarzweiß gescheckten Katze. Sekunden – schnell verwandelt sich Columbo vom Lamm zum Wolf. Ähm, bzw. eher umgekehrt, denn sobald die Katze, und es ist wirklich ein imposantes Tier, einen Buckel macht und selbstbewusst in unsere Richtung faucht, zieht mein friedliebendes Haustier sprichwörtlich den Schwanz ein. Während er betont cool weitergeht, schenkt ihm die Mieze nur ein müdes Zwinkern und alles ist wieder beim Alten – bis zur nächsten Begegnung … Erschöpft, aber glücklich kommen wir schließlich wieder zu Hause an. Die letzten Stufen muss ich Columbo förmlich die Treppe hochziehen. Während er sich auf seinen Wassernapf stürzt und danach sofort im Flur einpennt, berichte ich dem faulen Langschläfer von unseren spannenden Abenteuern draußen in der großen weiten Welt. Worauf dieser mit großen Augen erwidert: „Ja, warum hast du mich denn nicht geweckt?!"

Mundgerecht

Columbo scheint sich in einer oralen Dauerphase zu befinden, denn er unterzieht wirklich alles, was ihm zwischen die Zähne kommt, einer ausgiebigen Prüfung ... Kein Ärmel, Haarband oder Hausschuh, gleichgültig ob noch am Körper oder nicht, ist vor seinen feuchten Lefzen sicher. Beim Duschen beißt er in den Wasserstrahl, im Auto streckt er den Kopf aus dem Fenster, um nach dem Fahrtwind zu schnappen, und im Wohnzimmer jagt er mit Herz und Schnauze den Lichtstrahl der Taschenlampe über Wand und Boden. Eine elektrisierende Wirkung scheinen Kabel auf ihn auszuüben. Hingebungsvoll leckt und knabbert er stundenlang an ihrer nur vermeintlich geschmacksneutralen Gummibeschichtung. Das Gleiche gilt für Uhren: Kein Besucher, dessen Uhr nicht gründlich von Columbos zielstrebiger Zunge „gereinigt" wird. Ebenso Ohrringe, deren Sitz allerdings den Kitzel-Faktor enorm erhöht und damit die Toleranzgrenze im gleichem Maße sinken lässt. Gern frisst Columbo auch Manuskripte und Hausarbeiten – natürlich genau zwei Tage vor dem Abgabetermin. Im Übrigen ist Columbo ein wahrer Blumenfreund: Nicht eine Blume auf dem Weg, die seinem Gourmet-Gaumen entkommt. Selbst Eicheln werden in seinem kleinen Bauch „biologisch abgebaut" ... Nichts ist ihm heilig, er frisst Papier, Schnee, ja sogar Müll – Columbos geheimes Hobby: Solange möglichst nervtötend laut auf Plastikflaschen herumzukauen, bis er den Drehverschluss endlich gelöst hat ... Das Einzige, was ihm nicht wirklich zusagt, sind Nacktschnecken. Pflastern diese nach einem kräftigen Regen zu Hunderten unseren Weg, schnuppert Colombo an einer Vertreterin, schüttelt sich sogleich angewidert und begibt sich entschlossen auf die Suche nach anderen interessanteren „Mund-Arten", wie z. B. angeschimmelte Bauarbeiterspeisereste und ausrangierte Autoreifen … Aber mit einem kleinen Trick ist die Nacktschnecken-Schüttelaktion beliebig oft zu wiederholen, und er sieht doch so niedlich aus, wenn die Ohren fliegen … Manchmal ist uns seine Neugier, alles mit der Schnauze zu erkunden, sogar nützlich. Und zwar dann, wenn es heißt, das neueste Raffinement im Verpackungsdesign zu überlisten. Wenn wir an all den Laschen, Deckeln und Markierungen scheitern, überlassen wir einfach Colombo besagte Verpackung, er kriegt sie garantiert auf, getreu dem Motto: „Wo rohe Kräfte sinnvoll walten…"

Ein Donnerwetter über Columbo

Es regnet, es blitzt, ein Unwetter zieht über die Stadt. Unser 30-Kilo Hund schaut ängstlich zum Fenster; bei jedem Donnerschlag scheint er ein bisschen mehr zu schrumpfen. Und schon spüre ich etwas Warmes, Felliges in meinem Bett. Nein, solch eine ausgeprägte Brustbehaarung hat selbst mein Freund nicht, also kann es nur unser zitternder „Jagdhund" sein, der doch eigentlich mich beschützen sollte ... Resolut hat er sich unter die vermeintlich Schutz bietende Bettdecke geschummelt und schaut mich nun mit großen braunen Augen bittend an. Na gut, ausnahmsweise ... Nach einer Viertelstunde Beruhigungskuscheln schließen wir einen Kompromiss: Sein Körbchen kommt direkt an unser Bett, und ich kraule ihn in den Schlaf. Am nächsten Morgen schmerzt mein Handgelenk, doch schlimmer noch: Das nächste Unwetter zieht auf. In unserem Dachgeschoss-Büro wird Columbo schon bei den ersten Regentropfen nervös. Vorsichtshalber verzieht er sich schon mal unter den Schreibtisch und wickelt sich so eng um meine Füße wie nur möglich. Bricht das Gewitter dann richtig los, versucht er sich unter die Couch zu quetschen. Doch sein einstmaliges Welpenversteck bleibt nun mit einer Schulterhöhe von 30 cm unerreichbar. Neulich wollte er sich sogar in den Putzschrank flüchten, doch ein furchterregender Hexenbesen ließ ihn sein Vorhaben kurzfristig aufgeben. Also haben wir in der Büroküche ein Columbo-Gewitter-Schutzareal gebaut. Dort, von zwei Sofas, einem Regal und vielen tröstenden Händen beschützt, scheint er sich einigermaßen sicher zu fühlen. Und grollt der Donner nicht mehr ganz so arg, schmecken auch die dargebotenen Leckerchen wieder. Manchmal bleibt er noch eine ganze Weile, lässt sich verwöhnen und genießt die Aufmerksamkeit und die schmackhaften Bürokekse. Doch den Rest des Tages ist er das reinste Nervenbündel: Bei jedem Türknall scheint er einen Herzinfarkt zu erleiden, und er weicht mir keinen Schritt mehr von der Seite. Columbo klebt an meinen Hacken, ganz gleich ob Meeting, Kundentermin oder Toilettenbesuch ...

Feste feiern, und noch fester ...

Es ist wieder so weit, Ausreden zählen nicht; also heißt es, sich dem Schicksal stellen: Ein Familienfest jagt das nächste! Nun sind Familienfeste ohnehin eine Sache für sich – schließlich kann man sich seine Freunde aussuchen, seine Familie nur bedingt ... Doch leider ist es mit einer Sache jedes Jahr das Gleiche: Trotz mehrmaliger Unterlassungsbitten wird Columbo von allen Anwesenden gefüttert. Als unerfahrene Hundebetrachter erliegen sie einfach Columbos Charme und seinem angeborenen „Ichbin-ja-soooo-hungrig-und-so-süß"-Blick. Allerdings verrät er nicht, dass er nach diesem stundenlangen Durcheinander an scharfen, fettigen und süßen Leckereien dann um drei Uhr nachts fiepend vor meinem Bett steht, weil ein wohlbekanntes Bedürfnis nun mehr als dringend geworden ist. Also heraus aus dem warmen, gemütlichen, kuscheligen Bett und rein in die kalten, klammen, steifen Klamotten, die fünf Stockwerke hinunter gehetzt, beinahe gegen die Haustür gelaufen, betend, dass er es noch schafft ... Zitternd vor Müdigkeit und Nachtkälte warten, bis Columbo sich Erleichterung verschafft hat – in sicherer Entfernung versteht sich, um dem durchdringenden Geruch halb verdauter Käsehäppchen und Kanapees zu entgehen. Dann die vielen Stockwerke wieder hochhecheln und völlig erschöpft ins warme, gemütliche, kuschelige Bett fallen. Bis er wieder winselnd vor mir steht... Denn die ganze Prozedur wiederholt sich ab jetzt im Halbstunden-Takt! Bei der letzten Feier habe ich ihm sogar ein Schild um den

Hals gehängt: „Bitte nicht füttern!" Aber das hat die Leute
scheinbar erst recht auf Ideen gebracht ... Darum bitte, ihr
lieben „Wir-meinen-es-doch-nur-gut -Tierfreunde, habt auch
ein Herz für Menschen ...

Geisterstunde mit Columbo

Columbo ist ja ein ziemlicher Angsthase ... äh -hund. Nicht allein dass er sich vor Drehtüren, Rolltreppen und Aufzügen fürchtet – deren Freund ich übrigens auch nicht gerade bin – nein, auch Taschen, Staubsauger und Springbrunnen sind ihm nicht geheuer. Nun sind all diese Dinge für ihre Gefährlichkeit ja gewissermaßen bekannt, ähem, aber bei Columbos Erschrecken vor im Luftzug leicht schwingenden Türen fällt selbst mir nichts mehr ein ... Columbo kommt mit eingekniffenem Schwanz herbeigerannt, als hätte er einen Geist gesehen. Dieses Verhalten ist für mich vor allem dann mehr als irritierend, ja gerade gruselig, wenn sich augenscheinlich nichts, aber auch gar nicht – auch keine Tür – bewegt hat. Während ich noch grüble, was sich eventuell aus welchen Gründen auch immer vom Fleck gerührt haben könnte, hechelt Columbo bibbernd an meinen Beinen und traut sich nicht aus dem Zimmer. Wenn innerhalb der nächsten Sekunden zusätzlich undefinierbar kratzende Geräusche aus der Dunkelheit zu uns dringen oder, was beinahe noch schlimmer ist, Totenstille herrscht, bereue ich manchmal, den Film „Der Exorzist" dreimal gesehen zu haben ... Mit Küchenmesser und Kerzenständer bewaffnet – die Frage, ob ich damit überhaupt etwas gegen Gespenster ausrichten könnte, stellt sich mir zu diesem Zeitpunkt gar nicht – schleiche ich schließlich dem Herzinfarkt nahe ganz langsam Richtung Keller; Columbo bei mir, genauer gesagt: hinter mir. Um kurz darauf einen unendlich schaurigen Laut aus der Küche zu vernehmen, woraufhin ich beinahe meinen Freund erschlage. Oder aber, und das macht mir erst richtig zu schaffen, einfach nichts zu finden ist ... Doch das Nichts kommt wieder. Vornehmlich an kalten nebligen Freitagabenden, wenn Columbo und ich ganz allein zu Hause sind; gegen Ende des spannenden Fernsehthrillers oder wenn ich in aller Stille die nächste Columbo-Kolumne schreibe ... Da, war da nicht etwas ...?!

Golfen und Briefmarkensammeln?

Nein, Columbo hat spannendere Hobbys: Schaut er nicht gerade sehnsuchtsvoll aus dem Fenster, zumindest – wenn das Wetter perfekt ist – bei Regen oder gar Sturm zieht er sich von Weltschmerz ergriffen in sein Körbchen zurück und nur eine einfühlsame Leckerchen-Offerte kann ihn wieder hervorlocken – geht er auf die Suche nach irgendetwas Zerkaubarem. Selbst Kieselsteine mampft er, das Gras würgt er in unregelmäßigen Abständen halb verdaut wieder heraus, am liebsten übrigens ins Wohnzimmer. Hat er keine Lust mehr darauf, fingerdicke Pizzakartons zu zerpflücken oder den Mülleimer auszuräumen, mit anderen Worten: Genügt das Unterhaltungsangebot in unserer Wohnung nicht mehr seinen intellektuellen Ansprüchen, streicht er verwegenen Schrittes draußen durch das kniehohe Unkraut in der Umgebung. Selbst Halmen, die seinen kleinen Kopf weit überragen, sagt er furchtlos den Kampf an. Er zieht, zottelt, beißt und rupft an ihrer Spitze, bis … ja bis er sich der Übermacht der dichten deutschen Vegetation beugt – erhobenen Hauptes allerdings wohlgemerkt. Seine impulsive Wildheit tritt auch besonders während seiner (hyper)aktiven Phasen in Erscheinung: Im Gummihuhn-Blutrausch beißt sich unser goldenes Fellbündel mit den großen Füßen schon einmal selbst in die Zehe. Gern jagt er auch seine vor Vergnügen wedelnde Rute, er dreht sich so lange im Kreis, bis er hinfällt oder seinen Schwanz gefangen hat. Nichts ist vor seinem urgewaltigen „Killerinstinkt" sicher – nicht einmal meine Plüschhausschuhe mit den Mausohren …

Mission Gassi gehen

Mit Columbo Gassi zu gehen ist wie eine Ehe; man weiß nie genau, was auf einen zukommt. Vielleicht klaut er heute wieder einem verdutzten Entenfütterer das Brot aus der Hand, oder wir müssen vor zornesroten Handtaschenträgerinnen fliehen. Ich bin nur mäßig gespannt, welcher Baum mich heute wohl aufhalten wird, wenn Columbo plötzlich losflitzt, weil er einen Artgenossen oder einen Dönerstand entdeckt hat. Letztes Mal war es eine Eiche, das Rindenmuster auf meiner Wange war noch tagelang der Lacher im Büro … Also versuche ich, allen möglichen Gefahren bestmöglich aus dem Weg zu gehen, und ziehe mich in scheinbar baumlose, menschenleere Gegenden zurück. Doch nach spätestens zwei Minuten springt garantiert ein wanderstockbewaffneter Spaziergänger aus dem Gebüsch, der unbedingt mit mir über Hundefutter, Fellpflege oder den Vierbeiner seines Freundes, verstorbenen Nachbarn oder des Onkels seiner Arbeitskollegin reden will. Oft tauchen diese mitteilungsbedürftigen Zeitgenossen gerade dann aus dem Nichts auf, wenn es zu regnen beginnt, der Magen knurrt und/oder man ganz dringend den Bus erreichen muss. Mit allen erdenkbaren psychologischen Tricks, schließlich mit brutaler Ehrlichkeit versuche ich, den Redestrom der mir völlig Unbekannten zu unterbrechen – doch vergebens. Die vermeintlichen Tierfreunde scheint das Leid der Herrchen/ Frauchen völlig kaltzulassen. Ungerührt plappern sie über Wurmbefall, Auslandsaufenthalte und Zuchtversuche. Erst wenn Columbo aus Langeweile beginnt, den Wanderstock des Herrn anzuknabbern, gibt es eine Chance zur Flucht. Und – je nachdem wie schnell der hinter uns her jagende „Tierfreund" wird – bekommen wir sogar noch den Bus …

So, nachdem mein Frau-
chen nun so viel meiner vermeintlichen Streiche zum Besten
gegeben hat, bin ich an der Reihe,
einmal meine Sicht der Dinge zu präsen-
tieren. Hier also einige meiner Eindrücke und
interessanten Erfahrungen mit den neurotischen
Zweibeinern - aus der „Couchtisch- Perspektive"...

Fair-ien

Juchhe, bald ist Urlaubzeit – da hab auch ich endlich Ferien. Kein ödes Beifußgehen, keine ständigen Ermahnungen „Nicht im Schlamm wälzen!", „Gib den Strumpf her, Columbo!", „Lass Tante Hertha los!". Stattdessen spielen, mampfen, Pascha sein … Meine Pflegeeltern sind nämlich echt Klasse, die machen alles für mich. Ich muss nur so tun, als ob ich schon wieder muss: Schon machen wir einen langen Waldspaziergang – zum dritten Mal heute. Und wenn ich mal temporär meinen Fresstrieb ignorieren kann und das dargebotene Hundefutter verschmähe, lenkt meine Ziehmutter gleich ein, murmelt „Na, ich würde das da ja auch nicht essen" und kocht für mich gleich mit. Ich werde jeden Tag gebürstet, ausgiebig liebkost – manchmal etwas zu ausgiebig für meinen Geschmack – und wir spielen zusammen Ball. Meine Pflegefamilie ist so nett zu mir, deshalb mache ich ihr die Freude und spiele mit – die Menschen scheinen verrückt zu sein nach Ballspielen. Also ich für meinen Teil würde ja lieber mal eine Katze verfolgen oder ergründen, was so ein Kopfkissen eigentlich für eine Füllung hat … In der Zeit, in der sich mein Frauchen faul am Strand aalt, besuchen wir auch Freunde und Verwandte zu dritt. Am liebsten sind mir die mit Garten und mit Kindern zum Jagen und mit Kuchen, der runterfällt. Die ersten Minuten nach unserer Ankunft benehme ich mich stets vorbildlich, schließlich heißt es jetzt als Gast einen guten Eindruck zu hinterlassen. Ich mache „Sitz", lege meinen Kopf niedlich schief und strahle mein Gegenüber aus blanken Knopfaugen an. Das wirkt immer. Geduldig lasse ich die Entzückensausrufe „Ach, ist der süüüüüüß!" langsam verebben. Ich weiß, „wie der Hase läuft"… Immer noch taxiere ich mit liebem Hundeblick die Hausherrin, bis sie endlich versteht, worum es eigentlich geht. „Du bist aber ein Feiner." Sie streichelt mir über den Kopf. „Oh, er hat sicher Hunger." Ah, Bingo, geschafft. Bevor meine Pflegeeltern Einspruch erheben oder verraten könnten, dass ich gerade erst gefressen habe, läuft die Gastgeberin in die Küche. Brav bleibe ich sitzen – so wie es sich für einen wohlerzogenen Hund gehört. Gespannt schnüffle ich so herum, was die nette Dame mir wohl Leckeres bringen könnte. Ein Stück (Hunde)Kuchen, eine Wiener oder gar den Rest vom Mittagessen? Fröhlich kommt sie zurück, verlangt, dass ich Pfötchen gebe – ah eine Hundekennerin – und präsentiert mir: …eine Möhre! Ich bin verwirrt, eine Möhre? Ich bin doch kein Karnickel. Dazu lächelt sie breit und verkündet der ganzen Runde mit zufriedener Miene: „Möhren sind sehr gesund. Unser Bello hat die auch immer so gern geknabbert." Mein Ziehvater grinst sich eins und beobachtet mich genau. Jetzt heißt es Fassung bewahren. In Zeitlupe sinke ich auf die geschmacklos gemusterte Auslegware, ich schau mich unauffällig um, sollte das wirklich alles gewesen sein? Vielleicht ist es so eine Art Test und ich bekomme etwas Richtiges, wenn ich dieses lange orange Ding vertilgt habe … Mit einem tiefen Seufzer und langen

Zähnen beginne ich an dem Gemüse zu nagen. Als ich sie endlich geschafft habe, gehen wir, und ich werde um mein wohlverdientes Stück Apfelkuchen gebracht, von dem mein immer noch grinsender Stiefpapa drei hatte. Zum Schluss bin ich doch ganz froh, wenn mein Frauchen mich wieder abholt – auch wenn das Umstellen zu Hause auf Trockenfutter nicht ganz leicht ist. Aber eigentlich freu ich mich so riesig, dass es mir egal ist, und vielleicht kriege ich Frauchen auch doch noch dazu, für mich mit zu kochen?!

Immer wieder sonntags ...

Ich liebe Sonntage, denn ich liebe das Autofahren. Wo wird es dieses Mal hingehen? Schon der Weg zu unserem Gefährt ist ungeheuer spannend. Bei allen ähnlichen Fahrzeugen mache ich nämlich die Geruchsprobe am Türgriff. So kann ich zweifelsfrei feststellen, welchen Griff Frauchen berührt hat. Ich kann kaum stillsitzen, bis ich endlich auf den bequemen Rücksitz springen darf. Das Anschnallen finde ich auch o.k., eigentlich – so muss ich ganz unbescheiden zugeben – stehen mir die glänzenden schwarzen Gurte über der breiten Brust sogar. Am liebsten aber halte ich die Schnauze aus dem halb geöffneten Fenster und lasse mir den erfrischenden Fahrtwind um die Nase wehen. Mein Gott, wie viele Gerüche da innerhalb von Sekunden auf meine Rezeptoren treffen. Ich rieche den Körperduft der Fußgänger sowie ihre Frühstücksflakes, welches Haarspray sie benutzen und ob ihre Schuhe aus echtem Leder ist. Ich rieche den Blütenstand der Bäume, den Katalysator vom Vordermann und die Wurstbrote der Straßenarbeiter. Ich rieche, welche Mülltonne bald geleert werden muss, und an der Ampel rieche ich sogar den Gummiabrieb der Fahrradkuriere. Am liebsten aber rieche und sehe ich natürlich andere Vierbeiner. Wenn der Wind gut steht, erschnüffle ich sie, noch lange bevor sie auf dem Bürgersteig scheinbar an mir vorbeirasen.

Mit offener Schnauze schaue ich ihnen dann hinterher. Beim Anblick einer prächtigen Hundedame habe ich neu-

lich im Rausch der Geschwindigkeit doch glatt eine Fliege verschluckt. Tja, Proteine Fastfood sozusagen. Sind wir am Ziel angekommen, mag ich kaum aussteigen, von mir aus könnten wir immer so weiterfahren Aber schließlich überredet mich Frauchen doch, unsere Freunde zu besuchen. Besonders gern mag ich die große grüne Gartentür. Denn dahinter wartet meine beste und älteste Freundin – Verzeihung Jessie – langjährigste Freundin natürlich ... Sie ist so schwarz, wie ich blond bin, und weiß wunderbare Spiele, wie zum Beispiel Buddelförmchen kauen oder Igel stupsen. In ihrer WG gibt es einen gigantischen ungepflegten Garten, der sämtliche Geheimnisse der Natur zu beherbergen scheint. Dort vergessen wir vollkommen die Zeit und möchten uns beim Aufbruch gar nicht voneinander trennen. Jessie besucht mich auch sehr gern. Dann tollen wir endlose Parkwege entlang, bergen Unmengen schmierige Algen und alte Schuhe aus dem See und schlafen später Seite an Seite im Flur ein. Sie darf sich aus meinem Napf bedienen und in meinem Körbchen schlafen. Sogar auf mein Lieblingsspielzeug, einen herrlich quietschenden Gummiball, verzichte ich in ihrer Gegenwart. Gemeinsam wundern wir uns darüber, was Menschen nur jeden Tag stundenlang besprechen können, statt lustig umherzuhüpfen und alles zu erschnuppern. Aber tja, andere Spezies, andere Sitten ... Man muss auch tolerant sein. Meist spielen wir bis zur totalen Erschöpfung; dann liegen wir uns atemlos hechelnd gegenüber und heben noch schwach die Pfote, bis uns der Schlaf vollends übermannt.

Beim Abschied tröstet uns nur der Gedanke an den kommenden Sonntag ein wenig ...

Haare auf den Zähnen

Gehen Sie gern zum Friseur? Nun ja, Sie mögen aufs Angenehmste mit Kaffee und bunten Illustrierten versorgt werden, auf Ihre Wünsche mag Rücksicht genommen werden. Beim Hundefriseur geht es dagegen etwas anders zu. Sicher, es laufen auch hier alle wichtigen Tratsch- und Klatsch-Geschichten der Stadt zusammen, doch der entscheidende Unterschied ist: Ich kann leider nicht selbst entscheiden, ob ich heute auf Shampoobad, Lockenwickler und ätherische Öle verzichten möchte. Wie so oft im Leben gibt die Frau hier den Ton an. Und damit sind wir auch schon mitten drin bei meinem ersten Besuch im „Tempel der Haare". Naiv wie ein junger Rekrut folgte ich meinem Frauchen erwartungsvoll durch die Glastür. Eigentlich hätte ich bereits bei der Aufschrift „Unser Angebot: Ponys für Hunde" Verdacht schöpfen müssen – jedoch: Hm, ein eigenes Pony wäre super, dachte ich da noch gedankenverloren. Fröhlich ging ich an rosaglänzenden Regalen vorbei, in denen Fläschchen mit so vielsagenden Namen wie „Pudel-Pepper" oder „Dackel-Gel" aufgereiht standen. Während mein Frauchen der Wasserstoff-Blondine erklärte, wie sie sich meinen neuen maskulinen Stil vorstelle, steckte ich neugierig meine Schnauze tief in einen verheißungsvoll süß riechenden Eimer. Genauso schnell zog ich sie wieder heraus; die seltsame Flüssigkeit war absolut ungenießbar, bäh. Meine nächste Entdeckung befand sich in der Ecke neben dem Besen. Ein stattliches Häuflein Hund mit dichter Mähne hatte sich wohl in der

Absicht, der Ganzkörper-Zwangshaarwäsche zu entgehen, diskret dorthin zurückgezogen. „Einen tollen Fellschnitt haben Sie da, steht Ihnen ausgezeichnet", versuchte ich mondän ein Gespräch zu eröffnen. Keine Reaktion. Na gut, wer nicht will, der hat schon. Beim Umdrehen streifte ich die Gestalt, die daraufhin … einfach in sich zusammenfiel. Oh, was hatte ich den nun angestellt?! War die mir bevorstehende Behandlung etwa derart kräfteraubend? Die Gestalt war in verschiedenfarbige Haufen abgeschnittener Haare auseinander gestoben. Eine zweite Wasserstoff-Blondine kehrte die traurigen Haarreste wieder zusammen. Da griff eine grüne gummibehandschuhte Hand nach mir. Anfangs patschte ich noch freudig mit den Pfoten und versuchte übermütig, den Duschstrahl zu durchbeißen, doch als der böse laute Föhn mir ins Ohr zu pusten drohte, ballte sich ein Knoten aus Unbehagen in meinem Magen, der prompt stark duftend von dannen zog. Die Damen um mich herum fluchten und hielten die Bürsten schützend vor ihre

Stupsnäschen. Diese Verschnaufpause nutzte ich, um den ziependen Kamm, der mich vorhin traktiert hatte, minutiös zu zerlegen. Bei der Pfotenpflege entbrannte ich in heißer Liebe zu der einzig dunkelhaarigen Hundefriseurin. Sie hielt meine Hand, schnitt meine Krallen, und vor Freude fegte ich mit einem einzigen Schlag meiner imposanten Rute den Utensilientisch leer. Die Flüche um mich herum wurden leidenschaftlicher. Als ich schließlich auf eine teure Fellpflegepackung stieg, sodass sie platzte und ihren Inhalt über Königspudel und Kaschmirpullover ergoss, war meine Behandlung vorzeitig beendet. Ich sah trotzdem aus wie Lessie: glatt geföhntes Haupthaar, fluffiges Rückenhaar und weich fallende Seitenbehaarung. Mein Frauchen war so zufrieden mit dem Ergebnis, dass sie gleich den nächsten Termin vereinbaren wollte. Doch seltsamerweise konnte die pitschnasse Dame beim besten Willen keinen freien Termin in den nächsten zehn Jahren für uns finden. Beim Hinausgehen ließ ich stilvoll die Nackenhaare wehen.

Columbo entdeckt eine neue Spezies

Wie Sie sich sicher denken können, bin ich ein wahrer Tierfreund. Ich liebe alles, was sich bewegt. Und auch wenn ich aus Reflex mal nach einer Fliege schnappe oder die Nacktschnecken auf dem Weg zu spät unter meinen Pfoten entdecke, schätze ich die reiche Fauna in meiner Umgebung. Zu meinen Lieblingsbeschäftigungen zählt; Ameisen beobachten, Vögel erschrecken und Katzen aufspüren. Kürzlich nun begegnete ich einem besonders exotischen Tier – und zwar direkt in meinem Zuhause. Mein Frauchen fuhrwerkte seit einer halben Stunde in der Küche herum. Als ihre Flüche stetig lauter und unfeiner wurden und sie schließlich den Werkzeugkasten in die Küche schleppte, machte ich mir zwar so meine Gedanken, döste dann aber weiter. Einige Zeit später beschloss ich, es mir in meinem weichen Hundekorb so richtig gemütlich zu machen. Mit halb geschlossenen Lidern taperte ich durch die Wohnung, betrat das Schlafzimmer und wollte mich gerade auf meine Decke sinken lassen, als … Als ich in meinem Weidenkorb ein seltsames Tier entdeckte. Sofort war ich hellwach. Was hatte das zu bedeuten?! Der Störenfried hatte einen eiförmigen Körper, struppige Haare, aber weder Kopf noch Pfoten. So etwas hatte ich noch nie gesehen. Neugierig stupste ich es mit meiner Nase an. Es drehte sich leicht, dann lag es wieder still. Hm, was war zu tun? Erst einmal musste es aus meinem Revier heraus, hoffentlich hatte es nicht bereits seine Marke gesetzt, wer weiß, vielleicht war es giftig. Vorsichtig näherte ich mich dem Tierchen und klemmte es dann blitzschnell zwischen die Zähne. Im nächsten Augenblick ließ ich es auf das Parkett fallen. Es machte „Klong", und das Tier gab ein seltsam gluckerndes Geräusch von sich. Dann war wieder alles still. Gespannt wartete ich auf eine weitere Reaktion, doch vergeblich: Entweder war dieses Tier einfach nur dämlich, oder es hatte eine ungeheure Ausdauer. Kurz bevor mir die Augen zufielen, beschloss ich, noch einmal die Initiative zu ergreifen ... Inzwischen tat es mir sogar leid, ob es sich verlaufen hatte? Beruhigend legte ich ihm die Pfote auf den haarigen Körper, doch es sprang erschrocken fort und fluchtete sich unter die Couch. Verflixt, platt auf dem Bauch liegend, angelte ich es mühsam wieder hervor. Ich hüpfte lustig, um es herum, um es etwas aufzumuntern, doch verschüchtert, wie es war, gab es keinen Mucks mehr von sich. Meine Mutterinstinkte erwachten: Ich nahm es behutsam zwischen meine großen Pfoten und begann, es liebevoll abzulecken. Doch oh Schreck: Beim Lecken verlor es seine borstigen Haare, würgend spuckte ich ein Büschel braunes Gestrüpp auf den Fußboden. Just in diesem Moment trat mein Frauchen herein und klatschte freudig in die Hände. „Na, Columbo", strahlte sie. „Wie gefällt dir die Kokosnuss?" Ich starrte sie an. „Ko-kos-nuss?" Ich schluckte, ließ mir aber nichts anmerken. Oje, und ich wollte schon den Tierschutzverein anrufen ...

Dinge, die der Hund nicht braucht …

Ich liege selig lächelnd in meinem Weidenkorb und träume von riesigen Zwillingspaaren Wiener Würstchen, als mich plötzlich ein schrilles Klingeln aus dem Schlaf reißt. Erschrocken hebe ich den Kopf und schaue mich verwirrt im Raum um. Aus vom Schlaf verklebten Augen sehe ich, wie mein Frauchen fluchend auf den Wecker schlägt. Beim dritten Versuch endlich verstummt das monströse Gerät. Also heißt es raus aus dem kuscheligen Korb und ab ins Bad. Verständnislos schaue ich meiner menschlichen Mitbewohnerin beim Zähneputzen zu, während ich einen kräftigen Schluck aus meinem babywannengroßen Napf nehme und mir gründlich den Mund spüle, das ist meine Morgenwäsche. O.k., vielleicht rieche ich auch nicht so gut wie mein Frauchen, das würde erklären, warum sich einige Besucher nach Luftringend abwenden, wenn ich sie freudig anhechle … Ein hohes Piepen zieht mir in den Ohren, noch so ein nerviges technisches Gerät, das mein Frauchen in Stress versetzt – schon hastet sie auf Socken schlitternd davon, um noch rechtzeitig ihr Handy zu erreichen. Gelangweilt warte ich im Flur, bis sie Zahnpastaverschmiert zurückkommt. Endlich geht es in die Küche – ah, Frühstück, eine meiner Lieblings-Menschen-Erfindungen. Ich persönlich könnte zwar auf geröstetes Brot und Kaffee verzichten, aber das runde Ding, das die Hühnereier hart macht, finde ich super. Hm, schmatzend lecke ich mir den letzten Krümel Eigelb von der Schnauze und lege meinem Frauchen auffordernd die

Leine vor die Füße. Och nö, jetzt geht sie schon wieder ins Bad, oh: Ich entkomme gerade noch rechtzeitig der furchtbar süßlichen Duftwolke, die sich die Menschen so gern auf das Fell unter den Achseln sprühen. Ich habe auch nach all den Jahren noch keine Ahnung, warum sie ihren herrlich animalischen Geruch überdecken wollen – aber ich finde es himmlisch, ungewaschene Füße abzulecken, vielleicht erklärt dies meine speziellen Vorlieben. Draußen wird der strahlende Sonnenschein vom melodiösen Pressluftgehämmer der Straßenarbeiter begleitet. Ich zerre ungeduldig an der Leine, das hält man ja im Ohr nicht aus. Weiter hinten dann, im Park, steigt mir ein verführerischer Duft in die Nase. Zu meiner großen Freude entdecke ich unter einem Busch etwas Aas. Aufgeregt wälze ich mich darin; auf dem Rücken liegend, alle viere von mir, immer von einer Seite zur anderen. Dummerweise wird meine Begleiterin grün im Gesicht und schiebt mich unsanft weiter. Den gesamten Nachhauseweg über rümpft sie angewidert die Nase und fährt die Leine bis zum Anschlag heraus, um den Abstand zwischen meinem herrlich nach Aas duftenden Fell und ihrer Parfumwolke zu erhöhen. Zu meinem Entsetzen holt sie zu Hause das Hundeshampoo hervor. All meine spontanen Schauspieleinlagen plötzlicher Ohnmacht ignoriert sie. Ich versuche es mit der Nummer „Der eingebildete Kranke“: Ich zittere wie Espenlaub, bemühe mich nach Kräften, klein und gebrechlich auszusehen, vielleicht hat mein mit

Duschschlauch bewaffnetes Frauchen dann Erbarmen. Doch keine Chance – sie kennt bereits all meine kleinen fiesen Hundetricks. Resigniert füge ich mich meinem nach Lavendel duftenden Schicksal, immer noch besser als der Hundefrisör, aber dort kriegen wir nach meinem letzten Besuch eh keinen Termin mehr … Eingeseift, gefönt und gekämmt steige ich schließlich aus der Wanne wie Phönix aus der Asche. Ich dufte wie eine Pudeldame auf der Hundeshow. „Jetzt fehlt nur noch das rosa Schleifchen im Haar", denke ich grimmig, als sich mein Frauchen mit einem hellblauen Seidenband über mich beugt …

Stock-steif

Also, wer das Stöckchenwerfen erfunden hat, bekäme von mir nicht einmal den Hundeverdienstkeks – so blöd find ich dieses Spiel. Da trabt man gemächlich durch den Wald, schnüffelt hier ein bisschen, markiert dort ein wenig; sprich, man denkt an nichts Böses und plötzlich ertönt ein schriller Pfiff. „Columbo, hierher!" Ich wende den Kopf nach meinem Frauchen, welches eben noch in Gedanken versunken hinter mehr her lief. Meine liebste Mitbewohnerin ist stehen geblieben und grinst selbstzufrieden, als habe sie gerade eine grandiose Idee. Ich ahne auch schon welche ... Schnell dreh ich mich um und tue so, als habe ich sie gar nicht gehört und nur zufällig kurz in ihre Richtung geschaut. Doch sie lässt nicht locker; der Pfiff ertönt erneut in meinem Rücken. Mit konzentrierter Miene gebe ich angestrengt vor, ein Eichhörnchen zu beobachten. Mit gespitzten Ohren lausche ich hinter mich; ich höre nur Schritte. Doch heut gibt es kein Entrinnen. Schon zerreißt der dritte Pfiff die friedliche Stille des Waldes. Diesem folgt ein ungeduldiger Ruf. Ui, sie benutzt das „Sofort""-Wort; d. h. höchste Eisenbahn. Gehorsam trotte ich meinem Frauchen entgegen, das auffordernd einen dicken Stock schwingt. O.k., jeder Widerstand zwecklos, jetzt heißt es mitspielen. Ich gebe also schwanzwedelnd vor, mich tierisch auf das bevorstehende Spielchen zu freuen, und hüpfe ein bisschen nach dem Stock.

Natürlich ohne die ernsthafte Absicht, ihn tatsächlich zu erhaschen. Dann wäre das Ritual zu früh beendet, und mein enttäuschtes Frauchen würde wieder von vorn anfangen. Ich springe ein paar Mal absichtlich neben ihre wild zuckende Hand mit dem Holzstück und freue mich insgeheim über das Lächeln auf ihrem Gesicht. Zumindest sie scheint Freude daran zu haben ... Als mir schon langsam die Puste auszugehen droht, reißt sie mit einem Mal die Augen auf, raunt mir ein „Sitz" zu und setzt zum Wurf an. Mit weit ausholender Armbewegung schleudert sie den glitschigen Stock weit ins Gebüsch. Wenigstens kann sie hier keine Autos oder Laternen treffen, wie sie es sonst gern tut, wenn sie in einer leeren Seitenstraße aufgeregt „Hol das Stöckchen" ruft ... Ich spiele motiviert meine Rolle und nehme wie ein geölter Blitz die Verfolgungsjagd auf. Mein Frauchen feuert mich lauthals an. Nachdem ich mich durch ein Brennnesselfeld den halben Berg hinaufkämpfen musste, erreiche ich endlich schnaufend die Stelle, an der das verdammte Wurfgeschoss gelandet sein muss. Mit gesenktem Kopf inspiziere ich mäßig begeistert den umliegenden feuchten Boden. Hm, welches Stöckchen war es denn nun, eigentlich egal, wahrscheinlich würde mein Frauchen den Unterschied eh nicht bemerken. Aber halt, da ist es, eindeutig. Brav nehme ich das unappetitliche Holzding in meine Schnauze und mache mich auf den Rückweg. Dabei fällt mir der Eingang zu einem Hasenbau auf, jo, Stelle merken für später ... Erwartungsvoll lehnt mein Frauchen an einem mächtigen Stamm und klatscht vergnügt in die Hände, als ich ihr meine Beute vor

die Füße fallen lasse. „Ja, fein." Sie dehnt das „ei" ungewöhnlich beim Sprechen und tätschelt mir stolz den Kopf.
„Gut gemacht." Ich grinse. Was sie daran nur so toll findet,
einen abgebrochenen Ast aus dem Gestrüpp zu holen ...?
Das könnte sie doch auch. Und dann nimmt sie das er-
sehnte Stöckchen nicht einmal mit, sondern lässt es achtlos
auf dem Weg liegen. Aber schön, wenn es den Menschen
solchen Spaß macht, kann man das ja ab und zu mitma-
chen. Mit erhobener Rute und zufrieden, wieder eine gute
Tat vollbracht zu haben, nehme ich meine Fährte Richtung
Hasenbau wieder auf. Da geschieht es abermals – der Pfiff
klingt mir in den Ohren. „Nicht schon wieder", stöhne ich
innerlich ... Langsam, ganz langsam schaue ich mich um
und erblicke das Bild des Schreckens: Nur wenige Meter
von mir entfernt, fuchtelt mein allerliebstes Frauchen schon
wieder mit einem noch schwereren Ast umher. Mit roten
Wangen flötet sie lächelnd: „Na komm her Columbo, Stöckchen holen." Stocksteif verharre ich in meiner Position und
bete, dass der „Stock" an mir vorübergehen möge ...